ピラミッド

坂野上 淳

SAKANOUE Jun

文芸社

私がしたことではなく、私が見たものを見よ。

——ルイス・バラガン

目次

ピラミッド

本編に登場した地名と山

第一章　シリ・エトック

「晴れてれば国後《くなしり》まで見えるんだがね」

漁船「海峰丸」の船長はそう言って男の方をちらりと見た。その男はもう一時間近く黙りこくっている。それを気にしている様子もなかった。

「さっきから何を見てるんだ?」

船長はそう言いかけて言葉を飲み込んだ。男は沖の方には目もくれず、ゆっくりと流れ去る岸壁を見つめていた。

「風船岩まで行けるか?」

と、男は今朝、羅臼《らうす》漁港で声をかけてきたのだ。はじめは酔狂な観光客かと思ったが、知床半島の突端に上陸したいと男は言った。男が一目で地元の人間でないことがわかったし、秋から冬にかけてイカ釣船で北陸から押しよせる荒くれの漁師どもとも違っていた。

四月の知床は天候が変わりやすい。長い冬が終わりを告げると、徐々に勢力を増してくるオホーツク海の高気圧は半島西側に寒冷な大気を吹き出すが知床の急峻な地形を越えると収束して下降気流となり、断崖の下で海上に拡散する。このため半島東岸に沿って進む船にとっては、半島側から風圧を受けているような感覚がある。

今年の冬は例年より短く、知床でも雪解けが進んで、大地があちらこちらに顔をのぞかせている。しかし、こんな年が危ないのだ。

「注意しなけりゃな……」

船長は今まで沖に流されて港に帰るのに苦労する漁船を何隻も見てきた。このため海岸に近づき過ぎない距離を保ちながら、半島突端へ船を進めているのだ。まして都会から来た若造を同乗させているならなおさらだ。あとでどんなことを言われるか、わかったものではない。とはいえ……船長は男の横顔を盗み見た。

〈こいつは何しにやって来たのだ？〉

痩せ形で一見ひ弱そうにも見える男は、思いのほか精悍な顔をしていた。厚手のセーターの上にヤッケを着込み、持っている装備はリュックサック一つきりだった。ひょっとしたら登山界では名の知れた冒険家なのかも知れない、などと船長は考えた。何せ、あの軽装備で春先の知床を何日か過ごそうというのだから。

「前に来た時より削られたみたいだな」

男は不意に声をあげた。もともと火山帯である知床半島の先端部は、ほとんどが安山岩と火砕岩などから成り、常に海水の浸食を受けている。男が久しぶりにこの地を訪れたのであれば、地形が変わったように感じるのも無理はなかった。

知床岬の突端に近づくと海鳥の姿が目立ち、風船岩も見えてくる。それは海面から突き出た岩の一つに、漁師が付けた愛称である。先端に行くに従って細くなるその姿は、この辺りでは目立った。もっともこの船では岩礁に阻まれ、着岸は無理である。

「おーい」

船長は大きな声で呼んだ。船長の弟が、ウニ漁の解禁を控えてたまたま風船岩近くの番屋に点検に行っているところだったのだ。運が悪いと冬眠明けで空腹のヒグマに番屋を荒らされていることがあるからだ。呼ばれると屈強な男と二人の子供が番屋から出てきた。ここからは手漕ぎのイソ舟で着岸するのが安全である。やがて弟の漕ぐ小さなボートが船に横づけされると、男はそれに身軽に飛び乗った。

「じゃあ、三日後に迎えに来る」

船長は男に言った。

「その時、弟の家族とあんたを拾って港に戻る。いいか？」

「ありがとう、充分だ」

「ところで……」

船長は思わず声に出した。

「あんた、旅行者には見えないが……」

「そうかな……」

「何の目的でこんな所に来たのかね？」

男は曖昧な笑いを浮かべた。

「お宝探し……かな」

「知床にお宝だって？　確かにこの辺りの海にはお宝が眠っている。ウニにコンブに……」

「俺が探しているお宝はすぐには見つからない。それに……」

「それに？」

「目には見えないんだ」

「何だか難しいな。まるで盗掘者みたいだな」

「盗掘者？」

「ああ、昔、ピラミッドに財宝目当てで忍び込むのを専門にしていた連中さ」

「そうか……実は俺もピラミッドを探しに来たんだ」

少しの間があった。

「じゃあ、三日後にここで」

男は手を振ると、弟の漕ぐイソ舟はゆっくりと船から遠ざかっていった。

「妙な奴だったな」

その姿を見送りながら船長は思った。漁港にはいろんな連中が集まってくる。前科がある者、借金取りから逃げ続けている者、漁業関係者には流れ者の過去を詮索しないという不文律があった。しかしあの男はほかの誰とも違っている。

「しかも知床でピラミッド探しとはねえ」

こうつぶやくと、十二トンの愛船のスタータースイッチを入れた。

男のことを考えている間のわずかな時間に海上の霧は濃くなっていた。もう岸壁の位置もよく確認できなかった。風も強くなっているし、いつの間にか沖に流されている可能性もあった。

その時、不意にガツンという衝撃を船底に感じた。いやな予感がしてエンジンを切って、耳を澄ましてみる。こんな時の海は寂寥という言葉を身をもって教えてくれる。岸壁からほんの五、六〇メートルの地点なのに生き物の気配すら感じない。海鳥の鳴き声もいつの間にか遠ざかっていた。船底に集中していた船長の耳は、やがていつもの音との違いを聞き分けた。

〈やっぱりこすったな〉

とりあえず、港までは持ちこたえてくれるだろうが、寄港してからドックに預けたら二、三日はかかりそうだった。

船長は頬に冷たい風を感じた。

〈嵐が近いな〉

さっき別れたばかりの男のことを思って霧の中を振り返った。

〈あいつ大丈夫かな……〉

晴れていれば、そこには岬まで続く断崖が見渡せるはずだった。

近所の小学校のチャイムが始業開始を告げると同時に子供たちの歓声も遠ざかっていく。

〈八時三十分か……〉

霧野慎司はのっそりと蒲団から起き出した。最近ではチャイムが鳴る直前に目が覚めてしまう。小学生というのは朝早くから校庭で何をやっているのだろう。慎司は自分にもそんな時代があったことが不思議でならなかった。少しでも長く寝ていたいと思うようになったのは、いつ頃からだろう。それにも増して不思議なのは、学生時代にあれだけ朝が苦手だったのに、いつまで寝ていても何の不都合もなくなった今になって、急に早起きが身についたことだ。

〈こんなことが気になる自分はどうかしているのか?〉

顔を洗いながら慎司は思った。もっとも八時半に目覚めて早起きもないものだが、慎司のような経歴の人間にとっては朝九時前に職場に顔を出すのは珍しい。いや、正確には珍しかった、だ。今となっては遠い昔の出来事のようだった。

簡単に朝食をとり歯を磨いてから時計を見ると、まだ九時になったばかりだ。

〈さて、今日はどこからいくかな?〉

慎司は最近独り言が多くなったような気がしていた。九時を少し過ぎた時間帯というのは、近所の大学の出勤時間に当たっている。人の列は次々と大学の正門に吸い込まれていく。

〈こんな時間に出勤できるんだからやっぱり大学職員っていい身分だよな〉

慎司は門の前を通過するとため息をついた。そのため息の中には、今までは同じ立場にいながら気付かなかった世間知らずの自分への恥じらい、いまだにその立場を保っている同僚たちへの羨望、そして今は自由な立場になった自分への安堵と自分の未来への若干の期待が入り交じっていた。もっとも今は、その自由な立場そのものが問題なのだが。

「ちょっといいか?」

普段は大声の村上教授が声をひそめて慎司を手招きしたのは、今から三カ月ほど前、ちょうどサッカー日本代表がワールドカップフランス大会に向けて最終予選を戦っていた一九九八年二月のことだった。その瞬間いやな予感がした。自分の説を滔々と語る時は声高になるが、都合の悪い話の時は極端に声をひそめる人がいる。大学教授には珍しくないタイプで、面と向かって反論されるのに馴れていない人たちだろう。村上教授もそんな人物の一人だった。

「実は……プロジェクト終了が早まりそうだ」

一瞬、気まずい沈黙が支配した。

「あと一年残っているはずですが」

「確かにその予定だった。しかし二月初旬の公聴会での評価が芳しくなかった。もっとも評価委員に××大学の高木が入っているのがおかしいんだ。あいつはプロジェクトのリーダー権を俺と争って負けたんだから。それに……」

慎司は後半の部分をほとんど聞いていなかった。

「それで君の処遇だが……」

ここで慎司は我に返った。

「ほかの先生にも研究員の空きを当たってみるけれど、君の方でも探せよ。私大の講師の口が突然空いたりすることもあるし、ホームページなんかをこまめにチェックするんだぞ」

ご心配なく、何とかしますから……と言おうとして、慎司は口をつぐんだ。あと何日かで二月も終わろうとしているのにどうやって何とかするというのだ？　たった今、プロジェクトが終了すると告げられたのだ。ということは、多分自分は三月いっぱいで首を切られるのだろう。

「じゃあ、そういうことでよろしく」

村上教授はまだ何か言いたいのか、というような口調に変わっていた。

「よろしくお願いします」

慎司はそれだけ言うのが精いっぱいで教授室を出た。普段はパソコンの操作は秘書任せの村上教授がホームページ云々と言っている。急な就職口はあまり期待できそうになかった。

それにしても、来月いっぱいで職場から出て行けと言われる人間が現代の日本でどれほどいるだろうか？　スーパーの食品売り場のパートタイマーでももう少し大事にされていたような気がする。学生時代にスーパーでアルバイトをした経験から慎司は思った。

「霧野さん、論文を見ていただきたいんですが」

教授室からふらふらと出てきた慎司に大学院生の藤川五郎が声をかけてきた。藤川は来年の三月に博士号取得を目指している学生で、海外の雑誌に投稿する論文を執筆中なのだ。

「英語の論文を見るの?」

「はい。いきなり村上先生に見せて、どやされるのも癪なんで、その前におかしいところをチェックしていただきたいんです」

「悪いけど、あとにしてくれる?」

藤川には悪いと思ったが、今は他人の書いた英語の論文になど、目を通す心境になれなかった。いつもは人当たりのいい慎司が突っけんどんな口調でそう言ったので、藤川は驚いた様子であったが素直に従った。

「わかりました。今はお忙しいんですね……」

「あとで家に電話くれる?」

「はい、そうします」

「じゃあ、そういうことで」

慎司は、自分の口調がさっきの村上教授に似ていることに気が付かなかった。

公共機関である職業安定所がハローワークと呼ばれるようになったのは、いつからだろう?

いつだったか学会で東京に行ったら、新宿に職安通りというのがあったが、今は何と呼ばれているのか。

　慎司の住む札幌市のハローワークは、駅前のビルの中にあった。エレベーターで五階まで上がると左右の入り口に分かれる。右手の部屋は、通常の検索室でオンラインで登録された企業の求職情報に匿名でアクセスできる。左手の部屋は、キャリア指向のためのいわゆる人材バンクで、こちらの学歴や職歴、業績等を登録しておくと、企業の方から指名がある、というシステムになっている。もっとも登録の前に職員との面接が必須条件となっており、これが面倒で慎司は今まで二の足を踏んでいた。しかしゴールデンウィークも終わり、そろそろ研究機関の補充の採用も固まったらしいし、このまま失業期間が長引くと経歴上かなり問題ではないかと思い始めたのだ。

　しかし、慎司はすでにここへ来たことを内心後悔していた。さっきから職員との面談の列に並んでいるのだが、面接官の中年男の声がやたら大きい。耳をすまさなくても事務所中に丸聞こえである。

「K大学の工学部を出られて、室蘭の製鉄所に配属されたんですか。それから技術畑一筋で技術部長まで……。しかし鉄冷えも久しいですからなあ。娘さんは来年大学受験ですか、それは大変だ」

　面接官の前に座っている五十がらみの男は、恐縮しているというより、萎縮しているように見える。無理もないだろう。公衆の面前で職歴から家族のことまでばらされたようなものだから。

慎司は家で書いてきた登録用に指定された書類をもう一度確認した。今は自分の経歴に改めて向かい合わなければならない時だった。

東京の下町で高校卒業まで育った慎司だが、在学中は特別目立った存在ではなかった。慎司の高校は都立では珍しく登山部というのがあり、慎司たち部員は普段トレーニングと称しては荷物を背負って階段を登り降りばかりしていた。部活動としての登山の決行は夏休みなどに限られているが、悪天候だとすぐに中止するということで校内でも有名だった。中止を最終的に決定するのは部の顧問で、

「登山は生きて帰ってなんぼ」

というのが口癖の大阪出身の教師だった。おかげで卒業まで山の頂上に立ったことがない生徒もいた。もっとも頂上アタックの有無にかかわらず、準備に要する時間は同じなので荷物のパッケージングなどがうまくなったのは確かだ。このことはその後の生活にも役立っているはず、と慎司はとにかくそう思うようにしている。

慎司の通った都立校は進学校だったので、三年生になるとみんなあまり部室に顔を出さなくなった。慎司も高三の夏休みに最後の思い出作りのため、一人旅を決行した。北海道の羊蹄山に単独で挑んだのだ。

羊蹄山は「エゾ富士」と呼ばれることからもわかるように、どの山脈にも属さず、その美しい容姿で知られている。従って頂上からの絶景は標高以上に登山者に達成感をもたらす、というガイドブックの言葉を信じたからであった。とはいえ、その標高は一九〇〇メートル足らずであり、季節も八月末ということでそれほどの危険はなさそうだった。

前日に札幌の親戚の家に一泊した慎司は、倶知安《くっちゃん》側からガイドなしで挑み、九合目の通称「リス小屋」で少し休憩したのち、比較的短時間で登頂に成功した。ここまでは順調だったが、午後、下山中に霧が出始めて道に迷ってしまった。しかも八月だというのに、風の冷たさが本州に比べ半端でなく、驚いた。念のため持ってきた防寒用のセーターでも完全には防げそうになかった。羊蹄山は独立峰だけあって、その天候変化の激しさは有名なのである。こうなっては惨めなもので山中で震えながら夜を明かした。

翌朝は快晴で、日の出とともに下山を開始し、登山道入り口には八時前に辿り着けたが、そこで出会った一団が自分への捜索隊だと知って仰天した。慎司が高校生だったのと捜索活動に入る前に自力で下山してきたのとで、あまり油を絞られずに済んだが、この一件は学校側に通報され、あとで顧問に大阪弁でどやされた記憶がある。慎司が今でも高校の同窓会に行き辛いのはこの一件があるからだ。

しかし、この事件は慎司のその後の人生に影響を与えた。北海道の山を征服してみたいという欲求が芽生え、高校卒業後の進路希望を札幌市にあるH大に変えたのである。H大の山岳部は数々の山岳会に優秀なOBを輩出し、ヒマラヤ登山でも度々中核を担ってきた。

〈あそこなら自分を鍛え直してくれるだろう〉

H大進学にはもう一つメリットがあった。入学試験の合格発表と同時に文系と理系の何群かに振り分けられるが、専攻の学部学科をすぐ決定しないでもよく、学部進学時にあとまわしにできた。山に登りたいというだけで、大学にさしたる目標もない慎司には、ぴったりの選択だと言えた。両親も札幌には親戚がいるため安心と思ったのか、慎司の意向を簡単に承知した。

こうして目標をH大一本に絞った慎司は、高三の後半は受験勉強に専念し、半年後に無事合格することができた。新しい生活を始めるため、慎司が再び札幌駅に降り立ったのは一九八〇年の三月だった。想像していたより寒いな、というのが、率直な感想だった。

下宿が決まったら登山用品店を見て回ろうと思っていた。学費を出してくれた両親には悪いが、その時はほかのことに興味がなかった。学生時代に北海道の山を次々と制覇したという話は、東京に戻り就職したあとも、合コンとバイトに明け暮れる都会の大学生に比べていかにも充実した学生生活を送ったかのように話すことができるし、ことによると一、二年留年した方が、長い目で見れば箔がつくかも知れない。

ここまで思い出すのはいつも容易だった。しかし……慎司は時々考える。自分は学生時代に山には、ほとんど登っていないし、ましてやH大の山岳部に入ったことなどない。なぜそうなってしまったのだろう？　慎司は首を振った。いやなことを思い出しかけていた。

「はい、次の方」

面接官の呼ぶ声がした。

「随分ユニークな経歴をお持ちですねえ」

先ほどの中年の面接官は、慎司の渡した書類にしばらく目を通したのち、慎司をしげしげと眺めた。

最近、慎司はそういう目で見られることに慣れていた。民間企業に限らず、日本の研究機関でも厳しい年齢制限をつけているところが珍しくない。複数の異なる分野の研究を続けると知識は広く深くなるが、その後の研究には大してプラスにならないというのが暗黙の了解事項のようだ。自分の卒業した研究室で一心不乱に博士号まで最短距離で取得し、一旦研究職に就いたら研究に必要な異分野の知識は他の研究者の手を借りて、というのが一般的なエリート研究者の王道らしい。最近では研究職の採用時の年齢制限が三十歳以下のことが多く、慎司には敷居が高くなっていた。

それにしても、三十歳以下で博士号取得となると、この世界で残っていくのも大変だ。他の分野の研究に限らず趣味に二、三年打ち込んでみる、などという経験もできそうにない。この道一筋、生え抜き、といった言葉は、職人やプロ野球の監督から研究者に至るまで日本人の好むものらしい。

「あなたは、いろいろな分野の経験がおありだから、きっと企業からの引き合いも多いと思いますよ。こちらからもプッシュしておきます。あと、企業のデータベースの見方はわかりますか？」

面接官はやや事務的なもの言いをした。リストラされた企業戦士だとか、子供の受験や家のローンを抱えて……といったような切羽詰った背景がないだけに、面接官のテンションも少し下がるのかもしれなかった。

「とにかく、お願いします」

慎司は頭を下げて人材バンクをあとにした。


面接官に言われるまでもなく、慎司は自分の経歴がエリート研究者とほど遠いことは大いに自覚していた。三年生の学部進学時には、何となく物理工学系に進んだが、講義にはあまり興味も持てず、四年生の卒業論文のための実験も最低限しかこなさなかった。何より会社員というものに興味が湧かなかったため、ごく自然に、というより惰性で大学院に進学した。修士課程時代は、それまでの自分へのせめてもの反抗で触媒関係の研究室を選んだ。

ごくありふれた二年間の院生生活が終わると自然に化学会社に就職が決まり、東京に戻った。慎司が就職した一九八〇年代後半は、いわゆるバブル経済の頂点にさしかかる直前で就職先はある程度選択できたが、そんな時代にあって、まだ面接官が体育会系の学生を求めているようなところがあった。大学入学から卒業まで、就職面接でアピールできそうなこれといった「得がたい体験」などない慎司には、会社のそんな雰囲気が疎ましかった。

結局、自分の大学生活も都会の大学に進んだ連中と同じではなかったのか？　ほどほどに勉強し、ほどほどにバイトし、今では会社で普通に仕事をこなしている。この自分への疑問といらだちはあとを引き、会社員生活は一年足らずで終わりにした。

それから三年間は様々な職業を転々とした。慎司は下町育ちには珍しく子供の頃バイオリンを習わされていたので、音楽関係の友人を頼ってコンサートの裏方のような仕事をした。ステージの設営やコンサート会場の整理、ＣＤの即売などもやった。そのほかの短期間のバイトは必要に応じて履歴書に書き込んだ。就職活動時、人事担当者などに「ユニークな経歴」などと厭味半分に言われる時は、ほとんどがこの頃のことを指すようだ。この三年間はそれなりに楽しかったが、充実感は得られず仮の生活だった。

二十代後半になった慎司のかつての同級生たちは、そろそろ係長、あるいは課長代理といった肩書き付きで部下を何人も使っている者も出てきて、たまに会って酒を飲んでもフリーターの慎司とは話が合わなくなってきていた。

そろそろお気楽な生活におさらばしようと思っていた頃、母校のＨ大で組織改革が行なわれ、大規模な大学院生の募集があった。はじめて大学の研究室が懐かしく感じられた。実験とデータの整理で追われる日々。何のための実験なのか、教官の意図が理解できなかったこともあるが、あとでその意味とそこから導かれる結論が理解できた時の素朴な感動は、やはりサラリーマン生活では味わえないものだ。

もっともそのことを自覚したのは、大学から離れて随分経ってからだが。

〈もう一度やってみるか?〉

何より慎司は今の生活を変えたかった。大学から受験資料を取り寄せ、今度は各講座の内容を詳細に検討した。幸い、博士課程の入学試験は第一回ということで厳しい選考基準もなかったのか、大した苦労もなく突破した。こうして少々呆れ気味の両親に別れを告げ、再び札幌駅に降り立ったのが、一九九〇年の三月のことであった。慎司は二十八歳になっていた。

それからの三年間はあっという間だった。新たな専攻分野として生化学を選んだのは、経験のない分野でありながら、今までの研究歴が何か生かせるような気がしたからだった。事実、きっちり三年後、「物理工学的手法による生体内酸素濃度の新しい計測法の開発」という論文を書いて博士号を得ることができた。研究内容は生化学というより医学と工学の中間のような分野だったが、それまでのほかの分野での経験は確実に生かせたし、新しい化合物の合成にも成功し、細胞中での分子マーカーとしての使用を提案した。

新しい指導教官の村田教授も、

「君ならではの研究だったな」と評価してくれた。

そのあと三年間は、医学部の教授の統括するプロジェクトで研究を続けた。博士課程時代の研究を細胞系から臓器系へ移し替えるのに没頭し三年間が過ぎた。その頃から就職先が限定されてきたのは前述の通りだ。慎司は三十四歳になっており、国立大学の助手の新採用には少々年を取り過ぎ、助教授にはまだ業績が足りなかった。

そんな時、慎司に声をかけてくれたのがＨ大理学部の村上真一郎教授だった。村上研究室の評判は人によりまちまちだった。

「様々な分野の人が集まっている」

「まるで、まとまりがない」

「研究費はかなり落ちている」

「村上先生は大物ぶっているが、何を考えているかわからん」

いろいろな噂があったが大学内での評判は、利害関係や個人的な好みによるところがあるので、当てにならない。とにかく教授の個性を反映してとらえどころのない研究室のようだった。

しかし、その時点ではあまり選択の余地がなかった慎司にとっては、渡りに船の心境で村上研に移った。村上教授がリーダーを務める「日本列島における生態系進化の再構築」なるプロジェクトの研究員となった。

「村上教授もああ見えて、若い頃あちこち渡り歩いて苦労したから、君のことがわかるのさ」

と、あとになって他のスタッフに言われた。

それにしても、随分大仰なプロジェクトタイトルをつけたものだ。それに配属当初は面食らうことばかりだった。まず研究者の出身分野がまちまちだった。慎司も物理工学に触媒化学に生化学と、およそ進化学とは異分野のはずだ。しかし、他の博士号を持つ若い研究員（いわゆるポスドク＝ポスト・ドクトラル）や大学院生の出身分野も遺伝子工学、動物行動学、植物分類学に及んでおり、物理系でX線解析を専門にしてきた者までいた。

しばらく研究室の様子を見ていてわかったのだが、どうも村上教授の目指すところは微生物の遺伝子のわずかな変化が、生態系全体に与える影響を見積もる、といったところらしかった。

例えば、ある閉じた生態系――つまり孤島のような場合を考えよう。その島での生態系で階層が下である植物が、自らの天敵である昆虫に葉を食べられるのを拒んだとする。植物の遺伝子はわずかに変化し、葉に毒性の物質を分泌する。このことにより虫が寄りつかなくなり、昆虫をエサとする鳥などの階層上位の動物が少なくなる。こうなると動物の死骸などを分解し活動エネルギーを得ているバクテリアの数が少なくなり、土壌中の養分が減少する。すると植物の存続が危うくなる。そこでさらに遺伝子を変化させ、今度は虫を呼ぶような物質を分泌し、それに伴い鳥も戻ってきて……と、生態系のサイクルが微妙に変化しながら廻っていくわけだが、この一連の研究に先ほどの様々な分野の研究者が共同で当たるのである。

慎司も動物行動学専攻の大学院生に大黒島《だいこく》という無人島に連れて行かれ、カモメの数を数えたことがあるが、バードウォッチングとどこが違うのかわからなかった。これなどまだましな方で、植物分類学のポスドクから頼まれて雑草としか思えない草の数々を採集した時は、親切心できれいに土を落として持っていったところ、全部やり直しさせられた。根に共生するバクテリアを採取するのに土を落とす奴があるか、と言うのだった。

これらの研究員の中にあって、慎司の担当分野は遺伝子工学に近かった。

「新しいことを始めるなら、いっそ全く経験のない分野を……」

と志願してこの分野にまわったのだった。その研究内容だが、例えばバクテリアの遺伝子のわずかな変化はDNAの読み取りにより明らかになるが、細胞内では無数のタンパク合成が同時に行われるため目的の現象に影響を与えるタンパクの特定が難しい。そこで、これは怪しいと思われる遺伝子を見つけたら、その部分だけ元のDNAから切り取るか、短ければいっそ化学的に合成してしまう。これをベクター遺伝子に組み込み大腸菌に感染させるとバクテリアに代わって大腸菌が目的のタンパクを大量に作ってくれる。その発現条件をいくつかのタンパクで個別に行い比較するわけだが、例えば、「ある条件」で大量に発現するタンパクが毒性を持っているなら、その遺伝子はその条件で増殖する天敵への対抗手段、などと考えるわけである。もっとも「ある条件」とは、大腸菌系での発現を前提にしながら、自然界の現象を模す条件だけに選択が難しかった。例えば、温度、溶液中の微量イオン濃度、培地の組成、抗生物質の選択等々……とにかく手間がかかる仕事だった。

たまに、ある条件で大量に発現するタンパクを見つけることがあった。そうするとその条件を満たす季節に同じ生態系を構成する上位の生物に何が起こっていたかが調べられる。これは動物、植物学者の仕事である。また目的とするタンパクは、場合により徹底的に解析が行われた。結晶化してX線解析、溶液中での核磁気共鳴法（NMR）による立体構造解析、X線吸収端による微細構造の解析などにかけられタンパクの構造とその標的物質の同定が進んだ。これらは物理系出身の「構造解析屋」の仕事だった。もっとも、それらしいタンパクは、一年に二つか三つ見つかればいい方だったが。

これらのデータをまとめ、数カ月に一回、専門分野のお歴々の前で発表するのが、プロジェクトリーダーの村上教授の役目だった。村上教授も不思議な人で、確かに何を考えているのかわからないところがあった。また、学会で出張のついでに休暇届も出さず、数日間姿を消すことが珍しくなく、秘書と事務官泣かせの人と言われていた。

優れた研究リーダーはよきプロデューサーである。

慎司は音楽業界に譬えてこう思ってきた。個々の能力は研究者（ミュージシャン）に依存しても、研究全般の評価（アルバムなどの売り上げ）は、プロデューサー次第である。村上教授はその点、プロデューサーというより宣伝部長の匂いがした。研究のプレゼンテーションには命を懸けているところがあったが、普段の研究者とのコミュニケーションが不充分でやや独善的な部分があり、細かいデータを突っつかれると、おそらくは返答に窮するだろうと思われた。思われた、というのは誰も研究報告会に同行させてもらったことがないため、その実情をよく知らないからであった。

　実を言うと、慎司は自分たちのプロジェクト研究にはどうも本質的に無理があるような気がしていた。先ほどの無人島の例を挙げれば、食物連鎖最上位のカモメは下位の生物（小動物や小鳥）の生活にかかわらず、魚群を認めれば好物の魚を補食しに沖合へ出ていく。このように階層上位の生物には餌の選択権があり、そうなると閉じた生態系など壊れてしまう。階層下位の生物が天敵への対抗手段として持っている遺伝子が実験室で発現したからといって、その能力が使われるとは限らないのだ。

　こういったことは、進化の過程では頻繁にあったはずだ。例えば、更新世末期の氷河期に広範囲に分布していた長毛マンモスという動物がいたが、これなどゾウの祖先の中から長毛化する遺伝子を強く発現し、氷河期に適応したものと言える。では、氷河期以外のゾウから長毛化する遺伝子が見つかったからといって、氷河期を経験したことになるか？　答えは否である。すなわち、遺伝子発現の潜在性イコール発現ではないのだ。

　このような点を少しずつ突かれて評価を下げたのか、プロジェクトの規模は目に見えて縮小し、二年目の予算は一年目の三割減、それでもまだあると思っていた三年目はついに打ち切り、となったのは慎司が村上教授に宣告された通りであった。

慎司は三十六歳にして研究職の地位を失い大学から放り出されたわけだが、今はあまり深刻に考えないようにしていた。とはいえ、失業保険の給付金を労働局に受け取りに行った時は、やはり自分の立場を再認識させられた。北海道は全国的に見ても失業率が高く、しかも前年の一九九七年に道内の金融の基幹ともいえるT銀行が破綻し、連鎖的な倒産を招いたばかりだった。一緒に保険金を受け取る人々は自分の父親のような年輩者か若い女性が多く、社会的弱者の悲哀を感じさせたが、自分も人々に同じように映っているのだろうかと思った。

〈まあ、あまり深刻になるのはよそう〉

貯金でしばらくは食べていけるはずだったし、何より養うべき家族もないので気楽だった。この、気を楽にするというのが大事で、そうでなければ身分の不安定なポスドクなどやってられないというものだ。慎司は楽天的という点では、研究者の資質を備えているといえるのかも知れない。

しかし、失業してはじめのうち、最も困ったのは毎日の過ごし方だった。やがて慎司はデパートの地下食品売り場を見て回るのが日課になった。その帰りにはよく古本屋に立ち寄った。慎司のアパートの近所はH大学があるため、十軒ほどの古本屋が営業している。全国的なチェーン展開で、何でも半額を売り物にする店もあったが、昔ながらの古書店という風格の店もまだ数軒あり、貴重な物件にはとても手の届かない値段がつけられていた。

慎司は一回目の就職で札幌を離れ、アパートを引き払う際に整理のため泣く泣く古本屋に持っていった手塚治の選集を随分安く買いたたかれた。しばらくしてその本が店頭に驚くような高値で置かれているのを見て以来、古本屋ほどしたたかな商売はないと本気で思っている。もっとも最近の慎司が古本屋で時間をつぶすのは、長時間立ち読みしてから何も買わずに出て行っても文句一つ言われないからだった。古本屋にはそれぞれの店に得意な分野があるようで慎司のひいきは無線と歴史、それに北海道の自然の本が充実している港北堂である。慎司は無線に関心はなかったが、歴史書は自分の専門と無関係で気楽に読めるので、最近この店の常連になっている。しかし、今日は気がすすまず前を通り過ぎた。人材バンクで思ったより消耗したのかも知れない。

アパートに戻ると、珍しく留守番電話が二件入っていた。今までも狭い世界で生きてきたが、急にそこからも放り出されると、日常会話が減って人恋しくなるものだ。慎司は、人材バンクの面接官以外なら誰の声でも聞きたかった。はじめは聞き覚えのある声、藤川五郎だった。最終学年になった彼は、今年中に博士論文を仕上げるために努力しているのだが、肝心の投稿論文がまだ完成せず、度々助言を求められる。

「霧野さん、最終稿ができたら見ていただけますか。またあとで電話します」

〈律儀な奴だ〉慎司は笑った。いきなりメールに文書を添付して送ってくることもできるのに、直接手渡ししたいらしい。藤川らしかった。

そして、留守電にはもう一件入っていた。録音開始後、一瞬のためらいののち、聞き慣れない中年女性の声が聞こえてきた。

「霧野さんのお宅でしょうか。わたくし、くろいさちこと言いまして、こうぞうの身内でございます。実はこうぞうのことで、ご相談したいことが……お留守のようなので、またお電話させていただきます。失礼いたします……」

慎司は一瞬間違い電話かと思った。

こうぞう……幸三……と一人つぶやき、まさかと思い、しばらく絶句した。

〈そうだ、あいつのことに違いない……〉

自分がずっと思い出さないようにしてきた男。

自分が山から遠ざかるようになった原因を作った男。

そして……「緑の地獄」への案内人。


大学に入学した一九八〇年春、当初慎司は、大学の寮であるK寮に住んでいた。生活費が安くあがるという理由以外にも、登山で長期部屋を空けるようになった際に防犯上安心だと思ったのだ。

その頃のK寮というのは、バンカラな気風が残っていた最後の時代かも知れない。特に入学直後には寮主催の飲み会が頻繁に開かれ、その度に大勢の前で自己紹介をさせられた。自己紹

介といっても普通のそれではなく、ほかの寮生全員の前に出て、あらん限りの大声で、

「押忍《オス》、何々高校出身、文科何類の……であります。押忍……自分がH大に来たのは……」

と叫ぶのである。少しでも声が小さいと、

「聞こえんぞ！」

「やり直せ！」

とヤジが飛び、やり直しさせられる。そして、このあとには果てしない宴会が続くのだった。

これがいやで寮から出ていった者も何人かいたようだ。もっとも現在のK寮は女性の入寮も認められ、個人主義の時代を反映してか、おとなしくなっているらしい。

慎司は入学直後のこの手荒い歓迎を何とか切り抜けたのだが、ゴールデンウィークを前にした飲み会の自己紹介で「高校時代は登山部で、H大には山に登りに来ました」と言ったことが、その後の運命に作用した。

その日の飲み会で一人の男を紹介された。

「こっちは堀川さん。おまえさんと話したいってさ」

寮委員が連れてきた男は、見かけない顔だった。

「堀川だ、堀川幸三。よろしくな」

「前に飲み会でお会いしましたか？」

「いや初めてだ。今朝、いちぱーさんきゅーから戻ってきたところだ」

「いちぱーさんきゅー?」

「何だ、知らないのか?」

そこからは彼の独壇場だった。一八三九峰、通称いちぱーさんきゅーは、知る人ぞ知る日高の名山で、付近の山脈の主稜線から外れるため、頂からの展望は絶景で、ペテガリ岳からカムイエクウチカウシ岳まで見渡せる。堀川幸三は熱っぽく語った。

「冬季のいちぱーさんきゅーに初めて登頂したのはH大のOB三人で、昭和九年三月のことだったが、当時の装備でよくやったもんだ。俺にもその気持ちが少しだけわかったよ」

幸三は酒が入ると饒舌になった。

慎司は羊蹄山での経験を自然に思い出していた。それだけでなく、幸三が口にする、登頂の過程のコイカクシュサツナイ、ヤオロマップといった地名は、慎司の胸にエキゾチックに響いた。

堀川幸三という男は、不思議な風貌だった。雪焼けで真っ黒に日焼けした顔はエラが張り、やや親しみにくい印象を受ける。その鋭い切れ長の目は落ち窪んで輝いていた。一見、年齢不詳で三十過ぎにも見えたが、笑うと無邪気な顔になり二十代にも見える。

慎司があとで寮長に聞くと、

「あの人、俺が入学する前からいるからなあ」と言った。

そう言う寮長も留年していたから、幸三の年齢は若くても二十七、八だろうと推測した。

幸三は当時、獣医学部の六年生で最終学年なので、今年度中にいくつか踏破しておきたいと言っていた。幸三の流儀は単独行で、山岳会などには所属していなかった。慎司は思い切って高校時代の羊蹄山での経験を話し、北海道の山についてどの辺りから始めるのがいいか教えを請うてみた。幸三はしばらく考え込んでいた。

「ウォーミングアップにシリベツ辺りから行ってみるか?」

「シリベツ……?」

「何にも知らないんだな。尻別岳はエゾ富士の亭主だぞ。まあ心配しなさんな。俺も一緒に行ってやるよ」

中山峠から国道二三〇号線を走ると、正面に小ぢんまりとした山が見えた。まさかあれではないだろう、と慎司は思ったが、それが今日の目的地にして羊蹄山の夫という伝説が残る尻別岳だった。山というより丘に毛の生えたような山だな、エゾ富士の半分もないんじゃないか。慎司は拍子抜けした。それにこの山は以前見下ろしたような記憶があった。

高校生の頃、羊蹄山へ一人で登山した時に、視界に入っていたのかも知れない。もっとも意識しないで眺めていたら、登山の対象にはあまりならないだろう。確かに尻別岳の標高は一一〇七メートル、羊蹄山には遠く及ばず共通点と言ったら独立峰なことくらいか。それにしてもこの小山がエゾ富士の夫とは。

「ここで降りるぞ」

幸三は停車すると、4WD車の運転席から降りた。慎司は言われなくてもわかっていた。何せそこは、結構整備された駐車場だったからだ。喜茂別《きもべつ》側の登山道入り口が、ここからすぐなのはわかったが、駐車場はすでに尻別岳の四合目らしい。おまけに六月第一週の日曜日とあって周りには団体客が結構いる。老人や子供の姿も目立つが、お手軽な日帰り登山、もしくはピクニックという印象さえ受ける。こんな所にこれから登るのか……。

「こっちだ」

幸三はいっこうに気にする様子はなく、すたすたと歩いていく。慎司は仕方なくあとを追った。歩き出してみると、これはこれで楽しいものだった。北海道では新緑の真っ盛りで、ステンドグラスの中を歩いていくような印象さえあった。六合目付近から傾斜がややきつい部分があったが、比較的ゆっくりと登り一時間弱で山頂に着いた。山頂はなだらかなササ原で白根葵《シラネアオイ》が満開だった。何より三六〇度の眺望が楽しめたのは、エゾ富士こと羊蹄山と同じである。その中には羊蹄山はもちろん北の余市《よいち》岳、東の恵庭《えにわ》岳、南には有珠《うす》山と噴火湾の彼方には駒ヶ岳も見えた。もっともしばらくすると団体客で山頂が埋まり始め、騒がしくなってきた。

「戻るか?」

幸三は慎司の返事も待たずに歩き出した。

「留寿都《るすつ》側ではこれから開発が進む。大規模なリゾート計画があるらしい」

幸三は変わっていく尻別岳の姿を惜しんでいるような口ぶりだった。

さらに慎司に尋ねた。

「どうだった?」

「悪くなかったけど……」

「けど?」

「もう少し、きついとこでも大丈夫です」

正直、幸三になめられているのかと思ったのである。

「そうか、もう少しきつくても平気か」

「はい」

「考えとくよ」


「藻琴《もこと》に行くぞ」

最初の登山から帰って一週間も経たないうちに幸三は言った。

〈また一〇〇〇メートル級か〉

慎司の、内心の率直な感想だった。札幌近郊でも無意根《むいね》山や余市岳、少し足を延ばせば温泉旅行も兼ねてニセコアンヌプリなど、もう少し登りがいのある山がいくつもある。

幸三にそのことを言うと、

「気が早いな、藻琴はいいとこだぞ。それに帰りは最高の肉を食わせてやる」と言った。

今ひとつ合点がいかなかったが、早朝、幸三の車で札幌を出て北見方面に向かった。

藻琴山はオホーツク海と北海道内陸部との境界に位置する山で、標高はちょうど一〇〇〇メートル、高さの割に広い裾野を持ちなだらかな外観で、特に冬季は品のある容姿を持つ山として知られている。藻琴山に近付くと、慎司は、おやと思った。札幌近郊で藻琴山と同じような標高を持つ山、例えば樽前《たるまい》山や尻別岳とは明らかにその外観が違う。

「何か気付いたか?」

幸三が尋ねた。

「あのビロードのような緑は?」

「ハイマツだよ」

「ハイマツが、あんな低い山に?」

「ここは道東だぞ。札幌とは別の国だと思った方がいい」

別な国とはオーバーだと思ったが、北アルプスの三〇〇〇メートル級、それも頂上近くでようやくお目にかかるハイマツの群生地が、藻琴山の七合目から上を覆っているのだ。急に慎司はこの山に興味が湧いてきた。

幸三の車は、東藻琴村の登山道入り口近くに停止した。尻別岳の時と同じで、ここも結構整備されている。ほかの登山者も少なからずいたが、幸三は気にすることもなく登山道の方に向かって歩き出した。整備された登山道だが、確かに尻別岳より多少登りがいがあった。特に途中からは屈斜路湖《くっしゃろ》を見下ろしながらの登りとなり爽快だった。もう少しで頂上というところで、幸三は立ち止まった。

「少しそれるぞ」

真ん中を過ぎる頃から麓でも確認できたハイマツが目についてきていたが、七合目を過ぎた辺りから、明らかにその群生が濃くなり植物帯の中心となっていた。幸三はそのハイマツ帯に分け入ろうとしていた。慎司は唖然とした。

「そっち、違うんじゃないですか?」

「いや、いいんだ」

〈何がいいもんか〉

慎司はハイマツをかき分けながら進む幸三のあとを追いかける気が失せて、大声で呼びかけた。

「そっちが近道には見えないんですけど……」

幸三は振り返らずに手を振った。このままでは置いて行かれてしまう。かといってあの固そうなハイマツ林に入るのはためらわれた。

〈あの人は何を考えているんだ?〉

このまま登山道を単独で進み、山頂で幸三を待つ手もあったが、それも気が進まない。パートナーを見捨てるような気に駆られたのと、幸三が何か目的があってハイマツ林に入ったのではないかと思ったのである。

もう判断に時間をかけている余裕はなかった。慎司は幸三のあとを追ってハイマツ林に飛び込んだ。かき分けて進むうちに凶暴なハイマツの枝以上の敵に遭遇した。それはヤブ蚊の群だった。用心して長袖を着込んでいたものの、首と顔は無防備だったため集中して攻撃された。夏山でのヤブ蚊と言えば、本州でも定番だろうが北海道の蚊は別物と言えるほど凶暴に感じた。まあ、ヤブ蚊にしてみれば無理もあるまい。自分の住みかにごちそうが迷い込んできたようなものだから。慎司が悪戦苦闘して進むうちに、小さな空き地に出た。そこには幸三が愉快そうな顔をして待っていた。

「やっぱり来てくれたな」

「どういうことです？」

「何だ？」

「どんどん目的地からそれてるじゃないですか」

「そうかな……」

「そうかなって、それはないでしょ。宝探しでもやろうって言うんですか？」

「宝探しか……いいことを言う」

幸三は急に真顔になった。

「お宝はこの次に取っとこう。行くぞ」

幸三は反論する間も与えずに、ハイマツ林との格闘を再開した。

「ちょっと……」

慎司は慌ててあとを追うしかなかった。

それからは、頂上までの標高差はわずか一〇〇メートルほどで、正規の登山道を行けば、ものの十分のはずだった。その距離を二人は一時間以上かけて進んだ。ただの一時間ではない。ハイマツとヤブ蚊との格闘がその間ずっと続いたのである。時々、幸三は遅れがちになる慎司を待ってくれていたが、手を貸すようなことは一切しなかった。むしろ慎司の苦労する様をじっと観察しているようにも見えた。山頂にハイマツ林をかき分けて現れた二人を、ほかの登山者は怪訝な顔をして迎えた。無理もない。汗だくで顔と首一面につぶしたヤブ蚊がこびりついているのだから。

しかし、藻琴山の山頂からの眺めは壮大だった。三六〇度のパノラマからは、眼下の屈斜路湖はもちろん、北の能取《のとろ》湖やオホーツク海方面まで見渡せた。同じ屈斜路湖沿いの美幌《びほろ》峠と言えば、北海道随一の景色で知られるが、藻琴山の標高はその二倍以上あるのだ。どうやら山頂からの眺めだけはいい山を選んでくれているようだ、と慎司は思った。その割に幸三自身はあまり景色に興味がないようで、しばらくすると、

「気が済んだか?」

と聞き下山を開始した。慎司もあとを追った。

北見に向かう車の中では両者とも無口だったが、おもむろに幸三は口を開いた。

「お前があれほどやれるとは思わなかったよ。大したもんだ」

慎司は答える気が失せていた。

「怒ってるのか？」

「いえ、べつに」

「そりゃよかった」

慎司はわめきたいのをこらえた。

「おっ、ここだ」

幸三は急に国道三九号線から脇の細い小路に車を入れた。そこは住宅街の真ん中で、食事ができるような所には見えなかった。

「降りてくれ」

車から降りると目の前の家屋から、煙と芳ばしい匂いがしてきた。看板もはっきりしないが、そこが幸三の言う「最高の肉」を食べさせる店のようだった。幸三はずかずかと入り込んだ。

「どうも、ご無沙汰してます」

「幸三ちゃん久しぶりだねえ、奥の小上がり空けといたよ」

「カウンターがいいな」

「じゃあ、勝手にしな」

店の主人と幸三は懇意のようだった。

それから、七輪が運ばれてきて、今日の打ち上げが始まった。肉は慎司が今までに食べたどれとも異なっていた。特に分厚い牛タンとハラミは口の中で溶けるような感触で絶品だった。

「どうだ、うまいだろう。ここの肉を食ったら、冷凍の肉はもう食えんぞ」

慎司もそれは認めざるをえなかった。幸三は古くからの友人らしい店の常連と話しだした。

店の主人は慎司を興味深そうに眺めた。

「あんた、幸三ちゃんの後輩?」

「えっ、はい、まあ……」

「一緒に登ったのかい?」

「今日、藻琴山に」

「大したもんだ。あいつについて行くとは」

〈確かにそうだろうよ〉しかし慎司はとりあえず主人に話を合わせた。

「ご主人は堀川さんとは長い付き合いなんですか?」

「もう、七、八年になるかな。こっちで普段バイトしてる学生が夏休みで帰省するんで、雑誌でバイトを募集したら、あいつが札幌から応募してきてな。それからは毎年夏になるとこっちへ来て店を手伝ってくれるんだ」

「毎年、ですか？」

「ああ、最初は駅前のビジネスホテルに泊まっていたが、そのうち家の二階に泊めるようになったんだ。店が休みの時はよく山に行ってるよ。北見富士は、自分の家の庭みたいなもんだと言ってるしなあ」

主人は続けた。

「うちの娘の家庭教師もしてくれてな。おかげでH大に入れたんだ」

幸三が家庭教師とは何となく結びつかなかった。

「堀川さんが勉強を教えていたなんて、想像しにくいんですが……」

「そう思うか？　それが見事なもんでな。あいつに教わるようになって娘も勉強好きになって、自分からやるようになった。不思議だろう？」

確かに不思議な話だった。店主はそんな慎司を見て取ったか、

「そういえば、あいつ自分の家族の話はしたことないなあ」

とつぶやいた。その時、幸三が近付いてきた。

「もう充分食ったか？」

「はい」

「じゃあ、行こうか？」

「これから札幌に帰るんですか?」

「俺は寄る所ができた。悪いが一人で帰ってくれ。駅まで送る」

二人は店の主人に別れを告げ、出発した。北見駅で慎司を降ろすと、幸三は少しぼんやりとした顔つきになった。慎司は心配になった。

「これからどこへ行くんですか?」

「心配するな。二、三日中に戻る。じゃあ」

幸三は車を出した。そして、慎司が手を振るとわずかにライトを点滅させ、国道を網走方面に消えて行った。

〈不思議な人だ〉

北見駅で一人になって慎司はつぶやいた。今回もあの人のペースだった。あの時、ハイマツ林で何を考えていたんだろう……と思い、慎司は我に返った。駅の構内放送が札幌行き最終特急の到着を告げていた。自由席列車に飛び乗ると、力が抜けた。座席に倒れ込むように座ると、すぐうとうとし始めた。はじめは何かこんがらがった夢を見ていたような気がするが、やがて深い眠りに落ち、そのまま札幌まで眠り続けた。

北見から帰ってからしばらく、慎司は幸三と距離を置いていた。寮でも食堂にあまり顔を出さないようにしていた。ここは食事の時以外でも学生のたまり場になっていて、長居するとあれこれと話題にされそうだからだ。何より幸三と顔を会わせるのがいやだった。しかし、一週間経っても幸三は寮に現れなかった。噂によると道東の方から寮に一回だけ電話を入れてきたそうだ。

慎司の生活は徐々に元通りに流れ始めた。六月も終わりかけており、半月もすれば夏休みになるが東京に帰省する気はなかった。何を好きこのんであんな暑いところに戻るものか。それより今はまた山のことが気にかかっていた。この休みを利用して二、三登ってみたいところがあった。札幌の近郊でも単独で楽しめる山はいくらでもある。札幌岳や天狗岳などである。札幌近郊だからといって侮ってはいけない。古くから地元登山家によりルートが開拓され、アルプス登攀のトレーニングに利用されてきた由緒ある山々なのだ。あるいは、支笏《しこつ》湖方面まで足を延ばして樽前山から風不死《ふっぷし》岳への縦走などどうか？　今なお活火山として山肌を露出し、野性的な姿を見せつける樽前山と深い森林に覆われ静かにたたずむ風不死岳、そしてコバルトブルーに輝く支笏湖の組み合わせは、本州ではなかなかお目にかかれないだろう。こんなことを考えながら寮の食堂で食べていると、聞き覚えのある声がした。

「今度はどこへ登るつもりだ？」

思わず口の中のカレーを吐き出すところだった。

「堀川さん……」

「お前が山のことを考えている時は、顔を見ればわかる」

幸三は、前よりいっそう日焼けした顔でにやりと笑った。

この前、北見で別れてからの行動について、幸三は多くを語らなかった。しかし、その顔を見れば、どこかの山に行っていたことは明らかだった。慎司は幸三に夏休みの計画を慎重に話した。一人で近郊の山に行ってみること、徐々にレベルを上げて、いずれ日高と大雪山系に挑戦したい、ということを言葉を選びながら話した。下手に幸三を刺激して、「俺がガイドをしてやる」などと言われてはたまらないからだ。幸三は不思議なことに慎司の話に食いついてこなかった。慎司の話を興味深げに聞いていたが、

「そうか、がんばれ」

とだけ言って食堂から出ていった。慎司は奇異に感じた。幸三がここ十日ほど道東方面に行っていたことはわかっている。その間に何かあったのだろうか？　それとも山のほかに興味の対象を見つけたのか……。


慎司は次の目標を無意根山に決めた。無意根山の標高は一四六四メートル、札幌圏では余市岳に次いで第二の高峰である。冬期はスキー登山で随分賑わうらしいが、夏の登山客は比較的少なく、周りを気にせず行けそうだった。その登山道は整備され、ミズバショウやツツジが見事で一人でも途中退屈することはないだろう。頂上からの眺めも素晴らしく、羊蹄山をはじめ近郊の山々が見渡せる、とは山岳部に所属する同級生の情報だった。彼らも昔の慎司同様に

日々をトレーニングに費やしているようだったが、幸三に振り回されている慎司と違い、ほかからは得難い情報もあり、たまに教えてくれるのだった。

慎司は無意根山行きを七月後半に決めた。近郊の夏山ということもあり、特別な準備も必要なさそうだった。ガイドブックによれば、登りに二時間半、下りに一時間半の典型的な日帰り登山である。しかし、慎司は「今は力をためる時」と思っていたので、もの足りないなどとは思わないようにしていた。しかし、慎司は時々漠然とした不安に駆られることがあった。尻別岳や藻琴山で出会ったツアー客や家族連れの登山者の姿が目に浮かぶのだ。週末を山で過ごしリフレッシュして街に戻り、仕事に打ち込むサラリーマン。自分もいずれそうなるのだろうか？　今では日本中の登攀可能な山に登山道が整備され、ガイドブックがあれば、ほとんどの山に行くことができる。山によっては五合目、六合目まで舗装道路が整備され、マイカー登山という言葉も生まれた。それは北海道の山とて例外ではない。

それにしても道なき道を切り開き踏破した先人たちは偉大だった。今、そんなことができる山なんて日本のどこにもないだろう。でも、もしかして……。慎司は妙な考えを頭から振り払った。

〈幸三ならその答えを見つけられるのでは……〉と一瞬考えたからだった。

その日、慎司は大学近くのアウトドアショップ「夕張荘」で炊事道具を選んでいた。高校の登山部では炊事係としてかなり重宝されていたのだが、道具を実家に置いてきたため、今はほとんど持っていなかった。近場の登山では炊事道具の必要もなかったが、慎司は今でも店頭でそれらを見るのが好きだ。注意していると年々素材やデザインが少しずつ洗練された製品が出てくるのがわかる。とはいえ、最も汎用性があるのはオーソドックスな調理器具、ダッチオーブンのようなものである。慎司はコンボクッカーといってダッチオーブンの蓋をフライパンで閉じたようなものを愛用しており、アパートのガスコンロで使ってみたりもする。はじめは野外で使うことになった時のための練習と称していたが、アウトドア用の調理器具、特に鋳鉄製のものは、思った以上に熱効率がいいことに気付いたのである。

〈あと、課題は重量かな〉そんなことを考えながら器具を選んでいると、また例の聞き覚えのある声がした。

「そんなものが必要かね？」

振り返ると幸三が立っていた。

「寮の庭でキャンプでもする気か？」

その声は笑っている。

「いえ、これはそのうち使うつもりで……」

慎司は口ごもった。幸三に心の内を見透かされたような気がしたのだ。

「お前はそういうものに詳しそうだな」

幸三は少し真顔になった。

「では、俺のために選んでもらうとするか」

「どこか行くんですか？」

「ああ」

「国内ですか？」

「道内だよ」

幸三は、やや間を置いてから答えた。

「長くなるんですか？」

「一週間ほどだ」

慎司は少し拍子抜けした。道内で一週間と言えば、日高か大雪を縦走する気だろうが、幸三が改めて気合いを入れるまでもあるまい。

「道内の山なんてとっくに制覇され尽くした、と思っているんだろう？」

幸三は尋ねた。その目はいつになく真剣だった。

「ええ、多分そうなんでしょうね」

慎司は相づちを打った。

「ところがだ……まだ、ほとんど誰も経験していないルートがあるなんて信じられるか？」

「えっ……」

縦走路も含めて道内の山のルートは、先人たちによって開かれ、その多くはH大の山岳会の活動によることは周知の事実で幸三も詳しいはずだった。しかもその開拓の多くは、明治から昭和初期にかけて行われ、今ではガイドブックと地図とコンパスさえあれば目的地に辿り着くことができる。

〈そんなことありえない〉慎司は思った。幸三は夢でも見ているんだろうか？　そう言えば、少し熱っぽい口調は、いつもと違うようだ。しかし、幸三はお構いなく、

「その場所がもうすぐ消えようとしている」と続けた。

「……そうなんですか？」

慎司は思わず絶句したが、幸三は急に我に返ったように、

「おっと、こんなこと、お前さんには関係なかったな。これがお勧めのセットか」

と慎司の勧めたコッヘルセットをレジへ持っていった。そのアルミ製のコッヘルセットは、当時にしてはまだ珍しい楕円形をしていた。慎司はオムレツや釣った魚など横長の食材が多いのに、キャンプ用の調理道具がほとんど円形なことに不満があったからだ。

「世話をかけたな」

レジから戻ってきた幸三は、何か誇らしげで上気しているようにも見えた。いったい何があったというのだろう。大敵を前にして武者震いをしているようにも見える。合戦前の武将というのは、手柄を夢見てこんな様子だったのかも知れない。慎司は思い切って尋ねた。

「どこへ行くのか教えてくれないんですか?」

幸三は、おや? という顔になったが無言だった。

「この前の道東の旅と関係あるんでしょ?」

慎司の口調はすねるようになっていた。

「まあな……」

「ちゃんと計画立ててるんでしょうね。どうせガイドとかいないんでしょ?」

「俺にガイドは必要ない」

しばらく二人とも無言だったが、

「クイズ出そうか?」

と、急に幸三が切り出した。

「クイズ……ですか?」

「ああ」

「これから登るとこですか?」

「ああ」

〈いまいましい人だ〉慎司は心の中で思ったが、好奇心には勝てなかった。

「どうぞ」

「よし、冬には登れても、夏には近付けないのどーこだ?」

〈何が、どーこだ、だ〉

しかし、考えてみれば妙な話だった。北海道の夏山登山はガイド付きのアマチュアが多いのに対し、冬山は充分トレーニングを積んで装備を整えた山岳会が中心になる。しかし北海道の山岳遭難事故は、この冬季に集中している。例えば戦前、日高のペテガリ岳ではH大山岳部のパーティ八人が雪崩遭難し、全員が亡くなった。それから、かなりあとになるが札内《さつない》岳でやはりH大のパーティが雪崩に遭い、六人が亡くなっている。また、山岳事故と言えるのかわからないが、ダム工事などの最中の事故死者も多く、北海道の自然の厳しさと無関係ではない。標高では本州のアルプスなどに比べて見劣りするが、厳冬期の北海道の山に比肩しうる厳しさは日本の他の山岳にはない。

「北海道の山には北半球の気候のほとんどすべてがある」

とまで言った人もいるほどだ。慎司は考えているとますますわからなくなった。

「冬山より厳しい夏山ってことですか?」

「まあ、そういうことだ」

慎司はあっさりあきらめた。

「すいません、全然わからないんですけど」

「何だ、もう終わりか?」

「はあ、降参するんで答えを教えてください」

幸三は値踏みをするようにじろじろとこちらを見た。

「じらさないでくださいよ」

幸三はおもむろに口を開いた。

「シリ・エトック」

それだけ言って慎司に尋ねる間も与えず、店を出ていった。

あとに残された慎司は呆気にとられた。以前から幸三には少し芝居がかった、悪く言うともったいぶったところがあったが、この時もそんな感じだった。

幸三の言った「シリ・エトック」とは、多分アイヌ語の地名だろう。夕張荘の店内にはいくつか地図が置いてあったが、一般用にも山岳地図にもそんな地名は見当たらなかった。慎司は途方に暮れた。こうなったら店員に聞くしかない。

「あのー、シリ・エトックという場所がどこかわかりますか?」

アルバイトらしい若い店員は少し首を傾げたが、すぐに書籍コーナーから一冊の本を持ってきた。地図帳ではなく北海道の山岳を一般向けに解説した本だった。その本には慎司も見覚えがあった。

「こちらだと思いますが」

店員は最後のページを指さした。すぐに文字が飛び込んできた。

「アイヌ語のシリ・エトック、それは地の涯を意味する」とあった。急いで見出しを確認した。

知床、それが「シリ・エトック」の正体だった。

〈なぜ今さら知床なのか?〉慎司はとまどいを憶えた。

「しれとこーのみぃーさーきーにー」という歌詞と独特の節回しで知られるご当地ソングはあまりにも有名だが、そのおかげで知床半島全体には俗っぽい観光地のイメージがあった。

日本の「最後の秘境」と言われているのは確かだが、それはヒグマを頂点とする生態系の多様さによるところが大きい。現実に知床半島の長さは七〇キロメートル足らず、幅は半島根元のもっとも太い部分でも二〇キロメートルほどである。それに最高峰は半島中部の羅臼岳で一六六一メートルだから、自然の規模ということでは本州のアルプス山系はもちろん、同じ北海道の大雪山系や日高山脈にも及ばない。ただ、幅が狭い地形の中央に、背骨のような山脈が走っているだけに、知床半島全体が急峻な地形となっている。特に海岸沿いは岩礁と絶壁に阻まれて、海側から人は容易には近付けないために海鳥や海獣の繁殖地となっている。このような地形と厳しい自然条件が相まって、冬の知床縦走が多くの登山家の目標になっていた時代がかつてあったのだ。

H大でも一九六二年の厳冬期に、現役部員とOBわずか三人からなるグループが、サポートなしの知床縦走を成し遂げている。コースの最難関は半島先端に近い知床岳で、標高は一二五四メートルだが、オホーツク海から吹き寄せる強風と寒さ、そして凍った尾根との戦いが長時間続いた、と当時の記録にある。これが記録に残る最初の厳冬期の知床半島縦走らしい。しかし知床縦走が冬山を目指す者の大いなる目標だったのは、一九六〇年代前半までの話だろう。一九六〇年代後半から個人の外国旅行が自由化になり、それに伴い日本人登山家が外国の山にアタックする機会がぐっと増えた。「冬季のマッキンリーに登頂」などの肩書きを持つガイドは、今や北海道にも少なくない。

〈ところで……夏はどうだったっけ?〉慎司はふと疑問に思った。夏の知床縦走というのをあまり耳にしたことがないような気がした。なぜだろう? しかも幸三は、「もうすぐなくなる」と言っていた。知床半島がなくなるとはとても思えないが、どういう意味だろう? それに、いくら何でも冬期の知床より厳しいとは思えないが……。

慎司は手近な山岳ガイドを二、三冊手に取った。知床の夏山の代表的なコースとして紹介されているのは、まず半島の根元に近い羅臼岳、ついで硫黄山、さらに上級コースとして羅臼岳から硫黄山への縦走がある。羅臼岳への入山は根室側の羅臼温泉口とオホーツク海側の岩尾別《いわおべつ》温泉口とがあるが、これは登山者の好みによるだろう。縦走を目指す際は、羅臼岳から半島の先端に向かって行くのが一般的だ。本によってはオホーツク海側のカムイワッカ口から硫黄山に登り、羅臼岳へ縦走する逆のコースも紹介されている。帰りは羅臼側の通称熊ノ湯で疲れをとるように、とのご親切なアドバイス付きだ。しかし、どのガイドブックにも硫黄山から先についての記述はなかった。なぜ知床岳について触れていないのか? 何十年も前に冬山が制覇されたような山なのに……。

その日の夕方に慎司は幸三を食堂でつかまえた。幸三は山岳地図を見ながら夕食をとっていた。

「知床に行くんですね？」

「ああ」

「今さら知床っていうのはわかりませんけどね」

「そうか？」

「夏の知床に何かあるっていうんですか？　過去にあまり登頂記録がないのが不思議ですけど」

「あそこは特別だからな」

「特別？」

「夏には近づけない」

「まさか！　冬だって結構行ってるじゃないですか」

「夏の知床は特別なんだよ」

幸三は、慎司の質問責めを少しうるさがっているようだった。

「それだけじゃないんでしょう？」

「何だ?」

「もうすぐなくなるとか何とか言ってたじゃないですか」

「なくなる……というより抹殺されようとしている」

「抹殺?」

「抹殺であり、人類にとっては自殺とも言えるな」

やがて幸三は、堰を切ったように話しだした。

知床の自然は本来、世界遺産にも匹敵するということ。地理的な制約があるにしては、半島の生物の多様性が多岐にわたり、特にヒグマの生息密度はアメリカのイエローストーンをも凌いでおそらく世界一であること。人間の生活圏からさほど離れてもいないのにもかかわらず、である。アメリカなどに比べはるかに国土の狭い日本では、人間の生活を直接に脅かすわけではない野生動物にも人間の影響が大きく及んできた。たまに家畜を襲うからという理由で山狩りが行われ、銃の普及とともに短期間で絶滅に追いやられたニホンオオカミがいい例だろう。

しかし、この広からぬ知床半島ではその調和が自然に保たれてきたのだ。例えば半島先端の漁師の番小屋では、漁師が作業をしている近くで親子連れのクマが木の実を食べていたりする。ヒトもクマもお互いに警戒を怠らないが、だからといって干渉もしない。

「もうすぐなくなるかもしれないというのは?」

「知床の開発とやらが、新しい段階に入っている」

「というと?」

「この前、俺が北見からしばらく消えたのを憶えているか?」

「はい」

「ウトロから羅臼をつなぐ国道が今年の秋に開通する」

その話は慎司も新聞で読んで知っていた。あまり批判的な話は聞かないようだが。

「国道がどうかしたんですか?」

「ひどいもんだ」

「というと?」

「産業用道路という名目だが、あれは観光道路だな」

「行ったんですか?」

「ああ、監視員の目を盗んで登ってやった。羅臼岳のすぐ南が峠の頂上になるんだが、ここにかなりのスペースがあってな。大体産業用道路っていうのは駐停車禁止じゃないのか。あそこで盆踊りでもしようっていうのか? そのうち縁日の旗が立つぞ」

幸三はまくし立てた。

慎司にも状況は察しがついた。国立公園が観光地化するのは今に始まったことではないし、今となってはどうしようもない。気軽に知床を訪れる観光客の数が増えたとしても、彼らが登山道に立ち入るわけではない。マイカーで来て峠に立ち、短時間に雄大な眺めを満喫し去ってゆく、ただそれだけだ。それよりも以前から問題になっている、登山路における高山植物の盗掘や植生の破壊を防ぐ方が、大事ではないのか。何も知床に限ったことではないが。

知床の元開拓農地を全国の人に買い上げてもらう「知床一〇〇平方メートル運動」など観光業者の過剰な進出を防ぐのに一定の成果は挙げたろう。しかし、湾岸部の出漁基地以外の知床半島全体が、英国で言うところのナショナルトラスト運動の対象になるくらいでないと、本当の保護は無理だろう。日本人の娯楽や観光に対するある種の貪欲さが変わらない限り、根本的な解決は無理なのだ。

それに幸三の態度には何か違和感を憶えた。これではただの自然保護活動家と変わらない。今までのような「単純な山男ゆえ感じる消えゆく自然への悲哀」というものが感じられなかった。産業道路の法的立場云々を言うところからして何か今までと違う。

「知床に観光客が増えることに我慢がならないんですね」

「当たり前だ」

慎司は思い切って尋ねた。

「それだけなんですか?」

「……」

「何かほかに理由があるんでしょ?」

「知りたいか?」

「はい」

「ほかの誰にも言っていないんだが……」

「何ですか?」

「いや……まだ言えない」

〈またかよ〉慎司はうんざりした。そんな慎司を見て取ったのか、幸三は、

「俺と来ればわかる」

とだけ言い残し、食堂を出ていった。

〈俺と来ればわかる、だって?〉慎司は迷った。もう幸三の気まぐれに付き合わされるのはたくさんだった。おそらく幸三は、「変わりゆく最後の秘境」、知床に別れを告げるため夏山の縦走を計画しているのだろう。しかし、それだけだろうか? 何となく感じたさっきの違和感は何だったのだろう? 一方で幸三についていけば、何か新しいことに出会えそうな予感もした。そう、他の人間とでは出会えない何かに……。


その日の晩、慎司が寮の部屋で休んでいると部屋をノックする者があった。ドアを開けると見知らぬ学生が立っていた。

「夜分遅くにすいませんね」

男は言った。慎司は不審に思いながら尋ねた。

「いいえ。どなたでしたっけ？」

「農学部三年の高橋といいます。寮の飲み会で霧野君のこと、何度か見かけてるけど」

慎司もその顔に見覚えがあるような気がした。やせ形で神経質そうな男だ。高校時代からフィールドワークが好きで、来年研究室に配属されたら昆虫の分類のようなことをやりたいと言っていたような気がする。しかし、その高橋が自分に何の用だろう？

「中にどうぞ、散らかってますけど」

「いや、いいんだ。すぐ済むから」

高橋は本当にさっさと切り上げたそうな様子だった。

「霧野君は最近、堀川さんと付き合いがあるようだね」

「ええ、北海道の山のことを教えてもらっています」

「そう……もしかして、もうどこか行ったの？」

「はい、二回ほど」

「そうか、あの人のことどう思った？」

「どうって、山のことに関しては大したもんですよ。ただ……ちょっと個性的ですけど」

「確かにな」

高橋は苦笑いをした。

「それ以外には？　何か気付かなかったかい？」

「何かと言われても……」

「どこか秘境に行こうとかいう話はしなかったかい？」

「昼間にその話が出たんですよ。知床縦走に誘われました」

「やはりな」

高橋はつぶやいた。そして、しばらく腕組みをして考え込んでいたが、

「君に忠告しておくけど、あんまり堀川さんと深く付き合わない方が身のためだぞ」

と言った。

「なぜです？」

「あの人は要注意人物だってことだよ」

「要注意ですか？　よくわかりませんけど」

高橋は幸三に恨みでもあるのか、言葉に悪意が感じられた。

「要注意、というか危険というか……僕には君のことが心配なんだ」

慎司は腹が立ってきた。確かに幸三は人付き合いの少ない変人だが、陰口をたたかれるような後ろ暗いところはないと思っていたし、そう信じたかった。

「ご忠告はありがたいですが、多分大丈夫だと思います」

「そうかな？　君は堀川さんの何を知っている？」

「何って……」

「あの人は……とんだはったりやだ」

そう言って高橋は、はっとしたようだった。

「少し言い過ぎたな。とにかく注意してくれよ」

「はあ」

「高橋じゃないか」

突然、幸三の声が聞こえて慎司も高橋も飛び上がった。寮の廊下の端にある階段の下の暗がり辺りからだった。幸三はゆっくりとこちらに歩いてきた。

「ごっ、ご無沙汰してます」

高橋の声はうわずっていた。さっきの話を全部聞かれたかも知れない。

「何か、霧野に教えてくれてたのか？　高山植物のことでも」

「えっ、ええ、そんなところです」

「そうか、あまり余計なことは教えないでくれよ」

「わかってますよ。じゃ、僕はこれで……おやすみなさい」

高橋が去ると慎司は幸三に尋ねた。

「高橋さんとは付き合いがあったんですか？」

「少しの間だけだったけどな。退屈な奴さ」

幸三はしばらく黙っていたが、

「地図を持ってきたぞ。計画を立てよう」

と切り出した。

どうやら知床行きも幸三のペースになりそうだった。


計画を立てようといっても、すでに幸三の頭の中にはできあがっているようだった。それによれば、まず知床突端に船で上陸する。そこから知床岳への縦走を開始し、ひたすら内陸を目指す。一番の難所は、はじめの半島先端から知床岳までだろうと幸三は言った。

「半島に付ける船はどうするんですか？　観光船とかあるんですか？」

「観光船はウトロ側から出ているが、半島の沖合を廻って引き返すだけさ」

「じゃあ、どうするんです？」

「羅臼側から漁船で向かう」

「漁船が乗せてくれるんですか？」

幸三は笑った。

「心配するな、少し金はかかるがな。昔から何度も半島の学術調査があって、俺たちみたいな客は珍しくはないのさ。それに、羅臼側は昆布漁が盛んで半島の先に番小屋というのがあって、漁師はしょっちゅう陸付けしてるんだ」

幸三はこういった情報をこの前の半島行きの際に調べてきたようだった。そして、知床行きは七月最終週に決まった。

幸三が部屋から去ったあと、慎司は高橋の言葉を思い出してみた。

はったりや……か。確かに幸三にはそんなところがある。しかし、どこか愛嬌があるのも確かだし、そもそも山に魅せられた人間など常人とは違っているものだ。高橋は「秘境探し」とも言っていた。しかし、知床は「最後の秘境」というキャッチフレーズは似合っても、本当の秘境とは言えまい。冬山でもないし、よほど油断しない限り遭難などありえないだろう。まあ、幸三のキャラクターはともかく、知床縦断というチャンスが巡ってきたのだ。うまくやれば学生時代の懐かしい思い出として残るだろう。

それにしても、あの高橋という男、幸三によっぽどいやな思い出でもあるのか？　さっきの様子では、高橋にとって幸三の存在自体がトラウマのようであった。


「知床のヒグマはどうなんですか？」

慎司は羅臼へ向かう幸三の車の中で尋ねた。

「おとなしいもんさ。それに生息数の割に目撃件数が少ないんだ」

それを聞いて慎司は安心した。実のところヒグマのことだけは気になっていたのだ。

以前、日本海側の開拓村で人肉の味を覚えたヒグマが、次々と村人を襲ったという事件を読んだことがある。大正時代のことだったと思うが、大惨事として今でも語り継がれている。確か小説や映画にもなったはずだ。ヒグマの嗅覚と聴覚は優れているが、視力が劣っているため、風向きで鼻や耳が利かない時にばったりと人と出くわすことがある。もっとも知床のヒグマは、特に人を怖れているので、向こうから避けてくれるそうだ。それでもクマよけの笛は携帯するように言われた。

「クマより怖いのはヤブ蚊やダニだろうな」

「藻琴山以上ってことですか？」

「あんなもんじゃないだろうな。しかしこっちにも対策があるぞ」

幸三は妙に自信ありげだった。

羅臼は思ったより拓けた町だった。しかも冬季のイカ漁の季節には、もっと人口が増えるということだった。民宿で一泊し、翌朝早くに漁船で半島先端部に行くというのが、幸三の計画だった。夕方、幸三は漁船と交渉するため一人で民宿を出ていった。

〈不思議なものだ〉残された慎司は思った。H大の山岳部に入り損ねた自分が、今こうして「秘境探し」に加わっている。

いずれにしろ、明日からの一週間は得がたい経験になるだろう。

その漁船の船長は、幸三と慎司を怪訝そうな顔つきで見た。彼は、学術調査で都会から来る学者のグループを案内するのには慣れていた。観測機材や多人数をかけた大げさな一団に比べて、随分な軽装備で知床に上陸しようとするこの二人組は、よほど山に慣れた連中なのだろう。知床半島で暮らすほかの漁師同様、この船長も毎日見上げている山々に関心は薄く、登山の装備については疎かったが、ザック一つずつというのはいかにも頼りなげに見えた。今回の装備は可能な限り軽くする、というのは幸三の意見で、少人数で一気に半島縦断を果たすにはこの方法がいいということだった。

過剰な装備では行動が鈍くなるし、途中で出るごみの始末も考慮しなければならない。飲料水も大量に用意する必要はなく、現地で調達した水を加熱殺菌するのに必要な小型のガスコンロの方が重要だということだった。衣類に関しては今回の幸三はこだわりがあるようで、イージーパンツとウィンドブレーカー、それに何故か厚手の手袋を持ってくるように言っていた。札幌を出発する前に、慎司がそれらを幸三に見せるとしばらく素材を点検して言った。

「いいだろう。これなら大丈夫そうだ」

真夏とはいえ、高低差の激しい知床では、この程度の防寒性が必要なのだろうか？　慎司はその時は、ぼんやりと考えた。

幸三は食料に対しては執着が薄いようで、結局、夕張荘で慎司が選んだ軽量のコッヘルセットと水筒以外は、調理器具をほとんど持ってこなかった。持参した食料のほとんどがフリーズドライのもので、これ以上軽くはならないようなものばかりだった。これに加え、粉末プロテインとビタミン剤を水に溶かして飲むのが幸三の食事のすべてだった。幸三は水分さえ補給していれば四十八時間以上歩き続けられるという噂があったが、真偽は不明だった。とにかく、自分の釣った魚をムニエルにする、などという行為は、幸三にとって全く無意味に映るらしかった。また、ウォークマンの類も嫌いなようであんなもの旅には不要という考えらしかった。とにかく、慎司は今回に限り幸三のやり方に何もかも従うことにした。

船が目的の半島先端に近付くと、そのすぐ沖合に海面から突き出た岩が一つ見えた。慎司は尋ねた。

「船長さん、あの岩は自然にできたんですか?」

「ああ、俺たちは風船岩と呼んでるがね」

やがて、漁船はアブラコ湾という小さな入り江に着けられた。

「ありがとう、船長、助かったよ」

幸三と慎司は礼を言って、船から岩礁に飛び移った。

「気を付けて行けよ」

船長は手を振りながら、ゆっくりと沖に遠ざかっていった。船を見送ると二人は猫の額ほどの渚から延びる斜面を、三、四十メートルほどよじ登った。そこは少し開けた丘陵といった風情の場所で、クマザサの群落があった。半島全体で見てもクマザサの大きな群落はこの辺りにしか見られないらしかった。

また、慎司は先住民の遺跡らしきもの、おそらくは竪穴式住居の跡があったのには驚いた。

アイヌ民族の知床半島への定住は、早くとも十二世紀頃と言われているため、半島で数多く発見される縄文時代、すなわち一万年前から紀元前後の土器や遺跡群は北海道の先史時代を研究する際、極めて重要なものと言える。

それにしても広い地球上で敢えてこの場所を選んだのはどのような人々だったのだろう？一万年前と言えば、更新世最後の氷河期の終焉時であり、今よりはるかに寒冷な気候であったはずだ。おそらく、彼らは北方から獲物を追って流れ着いたのだろう。この厳寒の地でも、彼らにとっては食物の豊富な天国に見えたのかも知れない。そうでなければ子々孫々に残す定住の地に選ぶはずがない。

しかし、今、慎司がそんな感慨にふけっている余裕はなかった。幸三は丘の彼方を指さした。霧に包まれてはっきりしないものの、光沢すら感じられる濃い緑の絨毯の中に、赤や黄色の影が見えたような気がした。固有種のレブンアツモリソウをはじめとして、ラン科の植物が幅を利かせている利尻島や礼文島と異なり、ここ知床ではキク科のキオンやミヤマサワアザミも多く見受けられる。霧の中に見え隠れするのもそれらの花々かもしれなかった。

「いよいよだな、覚悟はできてるな？」

と幸三が言ったが、覚悟ができているも何も、前に進むしかなかった。

「スプレーを出そう。すぐ必要になる」

確かに防虫スプレーが必須なことは、藻琴山の時に思い知らされた。二人は体中にスプレーしてから前進した。遠くから見ればなめらかな緑の絨毯だが、近付くと二人の背丈より高い雑草のヤブだった。

「こんな雑草、見たことないな」

慎司は声をあげた。

「エゾヨモギ……確かそう言ってたな、高橋の奴」

「高橋さんとも来たんですか?」

「ああ、ここじゃないけどな。雑草は雑草さ。行くぞ」

はじめ、慎司は藻琴山のハイマツに比べて大したことはないように感じた。矮性低木植物群落と分類される群落は、英語名での「ヒース」の方が通りがいいかも知れない。そして、これが夏の知床半島先端部で入山者を待ち受ける最初の関門である。

慎司はかき分けて進むうちに息苦しくなってきた。ヒースはハイマツの枝より柔らかく、すぐしなるのだが手を緩めた途端にまた覆いかぶさってくる。前後のみならず上部の視界まで遮られてやたらうす暗い。

「知床の雄大な大自然」を紹介するテレビ番組は珍しくない。青い海と断崖に巣くう海鳥、深い森、といったイメージが航空機から撮影された俯瞰の映像で紹介される。ところが、今知床の真っ只中にいる自分たちは、その空さえ拝めないのだ。

前を行く幸三が立ち止まった。無言で足下を指さしている。

「何ですか？」

「ヒグマだよ」

そこには直径五センチ以上の糞があった。

「まだそれほど経ってない。三十分くらいか」

慎司は気味が悪くなってきた。

「心配いらん。時々笛を吹いてりゃな」

幸三はそう言うとまた前進を開始した。しかし、この「雑草のトンネル」は長くは続かず、間もなく背の低い草原に出た。慎司は一瞬見通しのよい場所に出たかと思ったが、目指す方向は霧に隠れてはっきりしない。どうも知床半島、特に岬に近い部分がテレビ番組ほど晴れるのはまれで、夏季は背の低い層雲か霧に覆われているのが普通らしい。それからは草原がしばらく続いたが、標高が上がるにつれてさらに植生が変化し、針葉樹と広葉樹の混合林が目立つようになった。

二人は大気にたっぷりと水分を含んだ森の中を進んだ。聞こえるのは風により木々の揺らぐ音と鳥の声だけだった。それにしても植物のむせかえるような匂いは、ほかでは味わえないほど強烈で、さしずめ最高級の森林浴といったところだ。動物にとっても爽快なのか、ヒグマの真新しい糞はそれほど珍しいものではなかった。ただし、彼らが姿を見せることはなかった。

〈これほどの原生林が残っているとは……〉

慎司はさっきから周りの様子を観察する余裕が出てきていた。今、稜線に沿って南下しているのだが、進行方向の右手すなわち西側はほとんどが混合林なのに対し、東側は針葉樹林が目立つ。これは東西の地質の差によるものとは思えなかった。知床半島の岬の海岸線部分は、火砕岩、過去の知床岳の爆発で溶岩が流れ込んだ東側の海岸線は変質安山岩が露出しているが、ほかの大部分の山間部では輝石安山岩の厚い層が全体に分布しているからである。

そのことを幸三に言うと、植生が東西で異なるのは、多分気象条件のせいだろうということだった。春から夏にかけての知床半島では、山間部の東側斜面に特に強い風が吹くため、トドマツやエゾマツから成る針葉樹林が分布の中心となるのである。これに対し西側では、ミズナラやカエデを含む混合林が中心となる。稜線付近はさらに強風が吹くためか、背の低い木の群落が帯状に分布していた。

〈今、四〇〇メートルぐらいだろうか?〉慎司は思った。もしそうなら知床岳の標高は一二五四メートルだから、もう三合目まで来ているのだ。

やがて少し開けた場所に出ると、不意に幸三は立ち止まった。

「今日はここで野宿《ビバーク》だ」

慎司は意外に感じた。日没までにまだ時間があったからだ。

「もう少し行けるんじゃないですか?」

「その体力は明日に取っておけ」

幸三はさらに、

「おれは少し調べたいことがある」

と言い残し、森の中に消えた。

そこは混合樹林帯から抜けようかという場所でそろそろ見通しがよくなってきたところだった。一人残された慎司は手持ちぶさただったが、荷物があるので遠くへは行けなかった。一時間弱で幸三は戻ってきたが、何をやっていたのかは語らなかった。そのあと二人は簡単な食事をとったが、幸三は終始無言だった。

〈何を考えているのだろう?〉慎司は不安になった。

幸三は朝からよそよそしい感じがしたし、何となく秘密主義の匂いがした。もっとも当の本人は全くお構いなしで、食事後はもう寝る準備を始めた。二人は荷物を軽くするため寝袋《シュラフ》を持ってきておらず、低地の夏山同様シュラフカバーだけで寝るつもりだった。夏季とはいえ、知床山中でビバークとは無茶なようだが、湿度が高い場合、体感的な寒さはさほどではない。むしろ冬の本州太平洋側へ吹き下ろす季節風、例えば赤城おろしや六甲おろしの方が乾燥していて刺すように冷たく感じる。慎司も高校時代の経験からそのことを知っていた。幸三はツェルトという小型のテントをポールを使って立てた。そして、ツェルトについた夜露の水滴がしたたり落ちるようにコッヘルをセッティングした。これは飲料水を節約するための工夫だった。

「もう寝るんですか?」

「ああ。明日は夜明けから行動だ」

慎司は少しつまらなかった。この曇り空では星を見上げながら語り明かすのは無理としても、ここに来た本当の目的ぐらい詳しく話してくれてもよさそうなものだ。

そもそも食事前に幸三は何をしに行っていたのだろうか？

しかし、幸三は、

「その時が来たら話す」

とだけ言うと、もういびきを立て始めた。

「その時か……」

自分にとっての「その時」とは、いつだったのだろう？

何かを選択する機会と言えば、高校と大学の進学時ぐらいだったろうか。しかし高校は都立で、偏差値などを考慮すれば、それほど選択の余地があったわけではない。大学に入ってしまえばそれまでの経験などリセットだ。偏差値だけでH大を選んだ者も、「何かを求めて」札幌に来た者も同じように扱われる。自分は後者であったはずだが、まだやりたいことも見つからず幸三のあとをついてまわっている。慎司は頬に触れる風が冷たく感じられた。見上げるとミズナラの木立の間から星が輝きだした。

〈高気圧が張り出してきたのか……放射冷却で明日の朝は冷え込むだろう〉

フクロウの声を聞きながら慎司はやがて眠りに落ちた。

「はーい、朝ですよー」

慎司はやけに陽気な幸三の声で目を覚ました。慎司が時計を見ると四時を過ぎたところだった。夕べの星空とは一変して、周囲は一面霧に覆われている。半島の下層部で水分を含んだ暖かい空気は、山間部の斜面を這い登りながら断熱膨張を起こし温度が下がる。その結果、内部の水分を凝結させるのが滑昇霧と呼ばれる現象だが、夏季は特に海水温が高地の地表温度より高いため、起こりやすい現象である。山霧や層雲の多くがこうして生じるのだが、太陽が昇り、地表温度が上がると大気中に四散していく。今出ている霧も間もなく蒸発するはずだった。

幸三は夕べの星空を見ていないようだった。たとえ見ていても、あまりロマンチックな感情に浸るとも思えなかった。今の幸三は早く出発したくてたまらないように見えた。食事のあと、二人は知床岳方面に向けて歩きだした。間もなく慎司は、昨夜ビバークした場所が植生の境界だったことに気付いた。今までの混合林と針葉樹林に代わって前方に出現したのは、もっと背の低い緑の絨毯だった。慎司はその光景に憶えがあった。

「あれは?」

「初めてじゃないだろ?」

確かにそうだった。それは藻琴山で経験したばかりのハイマツ帯だった。それにしてもあの手強いハイマツが、もうこの標高から出現するとは驚きだった。これは単に寒さのせいだけではなく、稜線付近でさらされる知床の強風に耐えうる植物は背が低く、根のしっかりしたハイマツぐらいしかないためのようだった。

二人は防虫スプレーをたっぷりと吹きかけてハイマツ帯に分け入った。しかし、地上には歩けるスペースはないし、ハイマツの枝はヒースのようにかき分けて進むわけにもいかない。従って枝から枝へと渡ることになった。

〈これじゃあ綱渡りじゃないか〉と思った瞬間、幸三の姿が視界から消えた。しかし消えたのは慎司の方だった。ハイマツの枝から地上に落下したのだ。その高さは二メートル弱だろうか。

「すいません！」

慎司は叫んだ。しばらくして、

「どうしたあ?」

と幸三はのんきそうに答えた。

「落ちて出られないんですけど……」

幸三が戻ってきて引っ張り上げた。

「気を付けろ。これからこんなとこばっかりだぞ」

慎司は早くもうんざりしてきたが、もう逃げ出すことはできなかった。すぐに二人は前進を再開した。

〈気を付けろだって?〉慎司は独り言を言った。

幸三自身は平気なような口ぶりだが、いつまでその余裕が続くだろうか？　こんなことを考えながらも、慎司は何度も枝から落下した。その度に、幸三は手を貸しに戻ってきたが、不思議と文句は言わなかった。どんなに気を付けても、こんな場所では体力が失われるのは時間の問題だ。聞くところによれば、名の知れたいくつかの山岳会や大学の山岳部が夏季の知床岬からの縦走に挑戦し、このハイマツ林で敗退したそうだ。幸三は、いずれの場合も多人数のパーティで重装備だったことを調べて、少人数で短時間の作戦を採ったのだ。ただし、これらの情報も慎司は随分あとになって知ったのだが。

〈知床が秘境でいられるのは厳しい気象条件でもヒグマの存在でもなく、このハイマツ林のせいではないのか？〉慎司はそう思った。

幸三が出発前に衣類の素材を入念に点検していたのは、このためだったのだとやっと気付いた。今自分が着ているのは、表面が滑らかにコーティングされたウィンドブレーカーだが、それとは異なった昔ながらの素材、例えば木綿の上着だったらハイマツの枝によってたちまちずたずたにされたろう。また、枝から枝へ渡る時に握りしめるため、手袋が松ヤニでべっとりと汚れたが、厚手の手袋のおかげで不快感はさほど感じなかった。ただ手袋の下に恐ろしく汗をかいたが。

こんな状態が数時間続いたろうか。時にはハイマツのジャングルが途切れ、草原が顔を出すことがあった。幸三は休みなく前へ進みたがるのかと思ったが、意外にもその度に小休止をした。幸三は用心深げに周りを見回して何かを探しているように見えた。

〈クマでも警戒してるんだろう〉慎司は思った。

小休止にはもう一つ理由があった。知床の蚊やアブにとって防虫スプレーが長時間効かないことに気が付いたのである。汗で流れることもあったが、もっても二時間たらずというところか。そこで、草原で休止する度にスプレーをやり直した。しばらく休憩して水分を補給すると出発、あとはハイマツジャングルの綱渡り、時々落下、這い上がって再び前進、の繰り返しだった。日が落ちてきて晩飯の時になると蚊の襲撃はさらにひどくなった。自殺行為としか思えなかったが、コッヘルの飲み水の中にまで落下してきた。こうして二人の「ヤブの中の一日」が終わった。

翌日からは、また同じことの繰り返しだった。慎司が何度も枝から落ちてわかったことだが、ハイマツの根元には様々な高山植物が存在していた。慎司はコケモモ、キバナシャクナゲといったそれらの名前を知らなかったが、貴重なものであることは一目でわかった。おそらくは枝からの木洩れ日を頼りに生きている、それらの植物を盗掘から守っているのは、このハイマツなのだろう。ハイマツ林は稜線に沿って密生しているが、その幅は狭く、はじめは低木林、五合目を過ぎる頃からダケカンバ林が両側に沿って分布していた。稜線から少し迂回することになるが、そちらの方が歩きやすそうなので幸三に言うと、「そっちはヒグマがいっぱいいる」とのことだった。知床のヒグマですらハイマツ林を避けているらしい。

また、ある時、枝から落下して着地した慎司は、今までと異なる感触を感じた。その時、何か足下から湧き上がってくることに気付いた。慎司は突然自分がどこに落ちたかを悟った。それはクロスズメバチの巣だった。幸三を呼んでいる余裕などなかった。あやうくパニックを起こしかけたが、必死で枝を這い上がると走り出した。状況を見て悟ったか幸三も駆け出した。

〈あれほど速くハイマツの枝の上を移動したのは人類史上自分たち以外にはないだろう〉

のちに慎司は思ったものだ。慎司は背中を二カ所、顔を一カ所刺されたが、強いアレルギー性のショックを起こさなかったのは幸いだった。天敵に狙われる機会の少ない知床のスズメバチは毒性が弱まっているのか、とちらりと考えた。しかし、冷静に考えてみればハチの方が驚いてパニックになったはずだ。普段近くにいるはずのない大型動物が、自分たちの住居に落下して破壊したのだから。

このあとに休憩をとった際、幸三は、

「本当は使いたくなかったんだが」

と言って、防虫網のようなものでできた覆面を取り出した。それはテレビで見た養蜂家が使っているようなもので頭をすっぽりと覆うようになっていた。慎司は盗賊になったようで少し情けなくなった。装着すると視界が狭くなり暑苦しくなったが、防虫スプレーが残り少なくなった今は、これに頼るより仕方なかった。それに短期間のうちにスズメバチに二度刺されるわけにはいかない。こうして二人はハイマツのヤブをかき分けてひたすら進んだ。

〈地獄だ。……ここは緑の地獄だ〉

いつの間にか慎司はハイマツ林をそう呼ぶようになっていた。しかしその「緑の地獄」にもささやかな楽しみがあった。ハイマツ林が時々途切れて、小さな池や湿地に高山性の花々が顔を出す。その度にわずかに立ち止まり、水分を補給した。

三日目に一旦稜線から外れて、名前のよくわからない川の源流まで水を汲みに下った。水の補給と移動速度、これが幸三の出した知床縦断の鍵だった。おそらくその判断は正しかったのだろう。半島に上陸してから五日目の夕方、二人は溶岩台地に辿り着いた。ポロモイ台地と呼ばれるその土地はかなり広く、周りを一周するのに一時間以上かかった。目の前に知床岳が迫ってきており、近くの小高い丘に登ると、東側には根室海峡を隔てて目の前に国後島が見えた。

その日は自分たちを歓迎してくれているかのような快晴だった。慎司は嬉しくなってきた。ハイマツとのここ数日間の格闘は無駄ではなかったのだ。ポロモイ台地には湖というか池がいくつもあり、その周りは高山植物の花の群落がかなりの密度で生えていた。ただし水辺には他の動物も集うようでクマやエゾシカの糞はもとより、ヤブ蚊やアブの密度も相当だった。

「これほどのスピードでここまで来たのは、おれたちが初めてだろう」

幸三も素直に感動しているようだった。

「明日はここでゆっくりする」

と言うと、夕食の準備を始めた。

その晩、慎司は満天の星空を眺めながら考えていた。

〈自分は一線を越えたかも知れない〉もう大学に戻っても、自分の居場所に窮することもないだろう。登った山の高さで他人と比較されたり勝手にコンプレックスに陥るのもこれっきりだ。明日からは残り少ない行程を楽しもう。

翌朝、目覚めると幸三の姿はなかった。そういえば、縦走開始から幸三の不審な行動は時々あったが、今では気にならなくなっていた。しかし、二時間待っても幸三は現れなかった。昨夜、幸三が「明日はゆっくりする」と言っていたことを思い出した。ゆっくりとはいえ、まさかここで一日過ごす気もあるまいと慎司は高をくくっていたが、昼近くになっても幸三は現れない。慎司はここに至って大事になったのではないかと思い始めた。

〈ヒグマにさらわれたのだろうか?〉

しかし、そばで寝ていた慎司は声を聞かなかったし、格闘の跡も見当たらなかった。慎司は一人で食事をとってからビバークしている池の周りを探し回った。

〈自分はパートナーとして失格ということで、置いていかれたのだろうか?〉

いや、まさか、そんなことはありえない、幸三の荷物は残っているのだ。しかし昨夜の余裕はすでにどこかへ飛んでいた。しばらく歩いても手がかりは見つからず、すごすごと元の場所に帰ると、幸三はすでに戻ってきていた。ズボンのポケットに手を突っ込み、池を眺めて口笛

を吹いていた。慎司の姿を認めると、

「どうした？　置いていかれたかと思ったぞ」

といつもの調子で言われた。慎司は腹が立った。

「それはこっちのセリフでしょうが！　どこ行ってたのか説明してくださいよ」

「ちょっと探しものにね」

「探しものって……」

「心配しなさんなって。時間はたっぷりある」

幸三はまるで反省する様子がない。慎司もついに堪忍袋の緒が切れた。

「挙動不審なんですよ、あなたは！　大体、探しものって何なんですか？　宝探しでもやってるんですか？　子供じゃないんですからね」

慎司の言葉に幸三は少し反応したように感じた。

「今、宝探しと言ったな？」

「それがどうかしたんですか？」

幸三は腕組みをしてしばらく黙っていた。

「いつまでも隠し通せるわけじゃないし……どうやらお前に話す時が来たようだな」

慎司は当惑した。果たして幸三は、何を言おうとしているのか？

「確かに俺がここに来たのは、単に知床を縦走するためだけじゃない」

「……」

「それは北海道の歴史と深い関係がある」

「歴史と……ですか？」

「そういうことだ」

慎司は今までとは違ういやな予感がした。

「それは知床横断道路のことじゃないんですか？」

「横断道路？　ああ、今度開通するあいつか」

慎司は唖然とした。この前は開通を憤っていたのに、この言い草である。

「確かに、あの道路で観光客が増えれば、知床は荒らされるだろう。そして俺の仕事もやりにくくなる」

〈仕事がやりにくくなる、だって？　昔の盗賊みたいな言い方だな〉慎司は、目の前の男がにわかに胡散臭く見えてきた。

「俺がここに来たのは、もがみゴールドの存在を知ったからだ」

「もがみ……何ですって？」

「ゴールドだよ。金だ。それぐらいわかるだろ」

慎司がさっき「宝探し」と言ったのは、言葉のあやであって、埋蔵金の類を意味したわけではない。ところが目の前の幸三は、本当にお宝を探しに来たと言い出したのだ。驚かない方がどうかしているだろう。

とにかく幸三が言うには、次のようなことであった。

本州から北海道に渡ってきた人々、すなわち和人はかなり古くから少なからずいたようだが、彼らが先住民すなわちアイヌ民族を本格的に従属関係に置いたのは、松前藩進出以後の政策が大きい。江戸時代初期の一六三五年に初めて松前藩が蝦夷地を「探検」している。この時の報告を元に一六四四年、江戸幕府は『正保御国絵図』を完成し、しれとこ、くなしり、えとろふなどは、松前藩の領土とされた。これからわずか十年後、松前藩は国後島に貿易拠点を建設し、北方貿易の商船を送り込んでいる。幕府の役人である最上徳内が北方探検に乗り出したのは一七八五年である。彼はいわゆる北方四島を越えてクリル諸島の一つ、ウルップ島まで到達している。のちに最上は国後、択捉両島の「近代化」に尽くした近藤重蔵の片腕として活躍した。

そして、一七九九年、東蝦夷地は幕府の直営地となった。

しかし幸三によれば、最上が幕命で蝦夷地を探検したのには、ほかに理由があるというのだ。

それは佐渡の金山に匹敵するという蝦夷地、特に知床の金鉱脈に目を付けていた。だからこそ蝦夷地を松前藩に治めさせながら、知床を含む東蝦夷地を幕府の直轄としたのだ。なぜなら産出した金を幕府が独占するために。佐渡の金山では採掘の労働力として流罪の罪人たちが使役された。そして、幕府は蝦夷地で先住のアイヌ人に目を付けた。和人の入植以後、伝統的な生活圏が狭まり、また自給自足だけでなく現金収入の味を覚えた彼らは、貴重な労働力となるだろうと考えた。最上は現地で集めたアイヌ人労働者を組織し金鉱山の開発に乗り出した。そして……。

「……ちょっといいですか?」

慎司はやっとのことで合いの手を入れた。

「そんな壮大な話、いつの間に立ち消えになったんですかね?」

「まだ先があるんだよ」

幸三の話はさらに続いた。

確かにこの金山採掘計画はいつの間にか闇に葬られた。何度か大飢饉を経験した江戸幕府は、華美な文化より質実な生活と食糧の備蓄を推進した。特に「米将軍」八代吉宗の頃からそれは顕著だという。この倹約政策のおかげで高価な装飾に使われていた金はだぶつき気味となり、佐渡の金山で充分に当時の需要をまかなえるようになった。必然的に蝦夷地の金山は不要になった。

「しかーし」

幸三はますます調子にのってきた。

この時、発掘された金鉱脈の行方はどうなったのか? また、採取された黄金は?

これらをまとめて最上ゴールドと呼ぶのだという。そして最上ゴールドは、今でも知床半島のどこかに眠っている、というのが幸三の主張だった。なぜならそれらは北方四島、特に最上や近藤により開発著しかった国後島から引き上げる際に、船で知床岬に運ばれ埋められた。しかし、その後掘り出された形跡は、ないからだと言う。

「あの……」

慎司はおずおずと切り出した。

「何だ？」

「まさか……本気ってことはないですよねえ？」

慎司は、なぜ自分が下手に出ているのか自分でもよくわからなかった。

「冗談でこんなことが言えるかよ」

慎司はめまいを起こしそうだった。ここ何日かの苦行は何だったのか？　ヤブ蚊にたかられながらハイマツの枝を渡り、スズメバチに追いかけられ、時にはヒグマの影におびえながらビバークした。あれらは、すべてありもしない伝説の黄金を求めての旅だったとは。幸三の不審な行動も今になれば理解できる。目印になりそうなものが残しやすい開けた場所に来ると、決まって一人で何時間か消えていた。自分たちがいる池の点在する溶岩台地など、その最たるものだろう。本人に言わせれば発掘の下見、とでもなるのだろうが……。そのことを知らずに幸三についてきた自分の立場はどうなるのだ？　しかし、慎司は今、幸三を過度に刺激するのは得策でないとも感じた。

「あんまり……僕は役に立てそうにありませんけど」

「気にするな。一人じゃ退屈だから連れてきたんだ。お前はハイマツにもめげない男だしな」

慎司の頭の中で何かが切れた。

「いい加減にしてくれよ！」

「ん……？」

「あんたが、知床が危機的だと言うからついてきたんだ。宝探しとか、わけわかんないこと言ってだまして、今までの苦労どうしてくれるんだよ？」

幸三がいっこうに動じないのは相変わらずだった。

「何だ、怒ってるのか？　お前、結構楽しそうだったじゃないか」

自分が楽しかったのは……と、言いかけて慎司も少しばつが悪くなった。入学以来、札幌での五月病同然の生活、ここ数日はそれと無縁だった。しかし、それも自分がトンネルから抜け出せそうに感じればこそだった。

「とにかく、宝探しに付き合ってる暇なんかないんだから、明日からは道草せずに行きますよ。絶対ですからね！」

「ご心配なく。もう目的は果たしたので」

幸三は不敵にもそう言った。

「もう遅いな。ここでもう一泊していくか」

こうして慎司と幸三は、その晩もポロモイ台地の池のほとりでビバークすることになった。幸三が夜、寝付きがいいのは相変わらずで、慎司はまたも一人取り残された気分になった。

〈まっいいか。この何日か貴重な体験もしたし……〉

慎司は自分に無理矢理言い聞かせた。確かに「貴重な体験」だった。もう二度と幸三とどこかへ行くこともないだろう。その日は月の美しい晩だった。月光に浮かび上がった大地は静まりかえっていた。慎司はふと幸三の寝顔を盗み見た。黄金の夢でも見ているのだろうか?

翌朝からは再びハイマツのジャングルとの格闘が始まった。今までに劣らず手強かったが、おかげで幸三と会話せずに済んだ。時折稜線に沿って、湿地帯や小さな池が現れることもあった。その度に、小休止して残り少ない水分を補給したが、もう幸三が姿を消してふらふら出歩くことはなかった。知床岳を過ぎるとかなり急な下りとなった。標高が下がるにつれてハイマツ群落から針葉樹林と混合樹林が現れた。さらに広葉樹林が現れるようになると、もう知床岳と硫黄山の間の鞍部《コル》に近かった。やがて日が暮れる頃、二人は鬱蒼とした沢に辿り着いた。わずかなスペースに小川が流れているような場所で、空気は湿ってひんやりとしていた。

「ここがルシャ川の源流だろう」

幸三は言った。

周りの植生から見て標高は三〇〇メートル以下のはずだった。そこは知床山地の中で最も標高が低い土地でもあった。その晩、二人は火を焚いて最後の夜を過ごした。二人の間には昨日の険悪な空気に代わり、冷え冷えとした空気が横たわっていた。そして、その晩はほとんど会話もないまま眠りについた。

翌朝、慎司は香ばしい匂いで目を覚ました。焚き火で幸三が枝に刺したイワナを焼いていた。

「釣ったんですか？」

「いや、手づかみでな……」

幸三が指さしたのはルシャ川の源流らしき小川だった。慎司が近付くとイワナの群が見えたが、人影にも逃げなかった。確かにこれなら手づかみできそうだった。

食事が終わると二人はルシャ川に沿って下りだした。この地域は知床半島で最も幅の狭い部分でもある。河床は藻が生えて歩きにくいが、これまでのハイマツ林を思えば、どうということはなく、あっという間の行程だった。二人は午前中にはオホーツク海を望む場所に出た。そこから林道をしばらく南下し、硫黄山の登山口でヒッチハイクの車を拾った。二人を乗せてくれたのは硫黄山から帰る中年の登山客だった。

「兄ちゃんたち、縦走かい？　若いっていいねえ」

とのんきな様子だった。二人は斜里《しゃり》駅で礼を言って車から降りた。幸三はこの前同様、北見に寄ってから、羅臼にゆっくりと自分の車を取りに行くつもりだと言った。

「いろいろあったが、俺は秋頃また来ようと思っている。その時は……」

「あのー、もうたくさんですから」

慎司は、幸三が言い終わらぬうちに声をあげた。

〈確かにそうだ。自分は怒ってしかるべきだ……でも何に対して？〉

慎司には答がわからなかった。やがてホームに釧路方面の列車が入ると慎司はそれに飛び乗った。幸三は今になって急に名残惜しそうに見えた。

「お前もこれから一緒に来れば……」

「いえ、僕はここで……この前の店は一人で行ってくださいよ！」

慎司は窓越しにホームの幸三に叫んだ。これが幸三と交わした最後の会話だった。


くたくたで札幌に帰った慎司だが、まだやっておかなければならないことがあった。翌日、寮の食堂で高橋をつかまえた。

「そんなことだったか……」

慎司の知床顛末記を聞いた高橋は、ため息をついた。

「僕の時は、八甲田山で義経の隠し財産だったけど」

慎司には語るべきことはなかった。やはり、以前高橋が忠告したように、幸三はただのはったりやだったのか。高橋は憐れむような目で慎司を見てさらに言った。

「知床の件については僕の知り合いに詳しい者がいるから調べてもらおう」

慎司はうなだれてその場を離れた。

数日後、高橋の友人である地学専攻の学生から丁寧な手紙をもらった。

霧野慎司様

先日お尋ねの件につき、ご回答申しあげます。

江戸時代初期に蝦夷地で砂金が見つかったのは歴史的事実で、延べ数万人の和人が発掘に押しよせたそうです。しかし、当時の採掘技術と冬季の積雪を考えると、その産出量は佐渡の金山に比べるべくもありませんでした。北海道の砂金が最も注目を浴びたのは一八九七年のことです。北見・枝幸《えさし》のウソタン川で砂金の鉱脈が見つかりました。その前年アラスカで大きな金鉱脈が見つかったこともあり、「遅れてきたゴールドラッシュ」として当時かなり話題になりました。ちょうど北海道の基幹産業であるニシン漁が不振になってきた時期でもあり、一攫千金を夢見る人々が道東に押しよせたそうです。しかし、金属探知機などのない当時の技術では、深い場所の採掘は不可能で、その結果五年ほどで砂金は取り尽くされてしまい、人々は去りました。北海道の砂金採掘地はかなり広い範囲に及んでおり、道東以外にも日高地方や日本海側の留萌《るもい》地方や積丹《しゃこたん》半島の一部で採掘された歴史があります。それらの中には昭和初期まで続いた鉱山もあります。しかし、私が調べた限り、知床半島がゴールドラッシュに沸いたという記録はありません。

日本列島全体から見ると、ほとんどの金鉱脈は、島弧《とうこ》会合部という火山帯の屈曲部に位置します。これは金が火山帯地下層の熱水中に硫黄化合物として溶け込んでいるからだと考えられます。千歳《ちとせ》、勢多《せた》などの採掘地がこれに当たりますが、知床半島全域は外れています。

また、砂金は地殻変動で、金を含む岩石が地表表面まで押し上げられ、岩が長時間の風化浸食を受けた結果、金の結晶が谷や川底に濃縮・堆積したものです。従って多くの採掘地に共通しているのは、比較的流れの緩やかな河川です。知床の急峻な地形からは、今後も砂金が見つかる可能性は低いと思われます。加えて、砂金のほとんどが蛇紋岩か流紋岩の地層から発見されますが、知床半島の地質とはあまり合致しません。以上のことを踏まえ——。


もう充分だった。慎司は安堵しつつ落胆した。

それから間もなくして慎司は寮を出てアパートに移った。生活を変えて心機一転というのが表向きだが、幸三と顔を合わせるのが苦痛になったからだった。幸三をただのはったりやと決めつけるのは、ここ何週間かの自分を否定するようで辛かった。しかし、今の自分に必要なのは平穏な生活を取り戻すことだとも考えた。

やがて春になり幸三は獣医学部を卒業し、札幌を離れたと風の噂で聞いた。しかし幸三の所属する獣医学部はキャンパスの外れだったこともあり、二人はあれから一度も顔を合わせたことはない。

慎司は今でも時々あの一週間を思い出すことがある。学生時代、あるいは社会人になってから、知床に行った人間、ごくまれに知床連山を縦走したという者に会ったことがあるが、例外なく羅臼岳から硫黄山への縦走路だった。慎司が自分の体験を話すと彼らの反応は決まっていた。

「知床岳って夏にも登れるの？」

そう、自分たちはないものを求めて道なき道を行き、「緑の地獄」をくぐり帰ってきた。ただそれだけのことだ。

〈それにしても、今になって十八年も会っていない幸三の身内から電話とは……〉

幸三は自分より十歳ほど上だから、その女性はもう相当な年だろう。慎司は決めた。

〈会ってみよう〉

幸三は家族の話をしたことがなかった。ひょっとしたら幸三の思い出話で盛り上がるかも知れない。それに慎司は、幸三という男を生んだ家族に興味があった。そして何より、当の幸三は今どこで何をしているのか？　実はそのことに一番興味があったのだ。

第二章　探索

男は番小屋で船長の弟に礼を言うと歩き出した。渚を振り返ると子供が自分に手を振っていた。男は子供が手を振りながら、自分に何かを叫んでいるのに気付いた。

「嵐が来るよー」

確かに子供はそう言っていた。男は空を見上げた。厚い雲が空を覆い始めていた。

「急がなきゃな」

男は子供に手を振り返すと、一目散に歩き出した。限られた時間しかない男は、半島先端の渚から斜面を一気に駆け上がった。一息ついて丘陵から海面を見下ろすと、霧で霞んでおり、自分をここまで運んでくれた海峰丸の姿も見えなかった。男は脇目も振らず歩き出した。男には丘陵に点在するクマザサの群落も竪穴式住居の跡にも、関心はないようだった。駆け上がるように一気に登った男が見つけたものの、それは、まだあまり時間が経っていないヒグマの糞だった。冬眠から目覚めたヒグマが間違いなくこの辺りをうろついているのだ。男は一瞬周りを見回した。知床のヒグマはおとなしいと男は聞いていた。男は持ってきた採集袋にその糞の一部を慎重に収めると、採取地点に関するメモを簡潔に書き込み袋に張り付けた。それからの男の行動に迷うところはなかった。稜線の東側と西側を往復し、ヒグマの糞を採取しながら稜線に沿って前進した。この作業は二時間ほど続いた。時折、エゾシカやキツネの糞も目に付いたが、男は少し迷ったあと、無視することに決めた。とにかく今回は三日間しかないのだ。いつの間にか上陸した時に海面を覆っていた霧が稜線付近まで登ってきていた。視界は五〇メートルも利かなくなっている。風と雨も強くなってきた。

〈今日はここまでだな〉

男はテントもシュラフも持ってきていなかったため、夜はツェルトを立てて風をしのぎ、ビバークした。

翌朝は早くから行動するつもりだったが、早春の嵐はまだやんでいなかった。男は仕方なく午前中をトドマツの陰で過ごした。男は内心焦っていた。目的のものが暴風雨で流れてしまうことが心配だったが、午後になるとようやく風も落ち着き、男は作業を開始した。

しかし、男が心配した通り、収穫はほとんどないまま午後を作業に費やした。

男はこの頃から奇妙な感覚にとらわれていた。この森には自分以外に誰かいるのでは？　というものだ。わずかな物音、それも自分に付かず離れず、背後から聞こえてくるような感覚があった。

〈冬眠明けの飢えたヒグマだろうか？〉もし、自分を獲物だと思っているなら、とっくに襲われていてもおかしくはなかった。男は気味が悪くなり、何度か振り返った。一度だけ木陰に隠れる人の影が見えたような気がした。

〈漁師の子供か熊撃ちのハンターがたまたま居合わせたのだろうか？〉しかし、どちらも考えにくいことだった。

〈作業が思うように進まない焦りで、自分は幻覚を見たのだろうか？〉そんなことは考えたくもなかった。まんじりともせず男は二晩目を過ごした。

三日目は快晴となった。丸一日作業ができるのは今日限りである。男は今まで通りの作業を再開した。雨上がりで動物も活動的になったのか、予想以上の収穫をあげることができた。それにしても知床のヒグマは不思議なものだ。これだけ人目に付く所に糞を残しているのだから、相当な密度で生息しているのだろうに、滅多に人の前には姿を現さないのだから。

男は人影については、なるべく考えないようにしていた。夕方になってそれまでに採取した試料をデポしてある昨夜のビバーク地点に戻った時だった。男は小さくあっと叫んだ。ビバーク地点の周りのぬかるみに自分以外の足跡があった。それらの足跡は明らかに大柄な男のもので、しばらくデポ地点の周辺をうろつき廻ったことを示していた。

〈荷物に手を付けられたのだろうか?〉男は不安になって調べてみたが、少なくとも盗られたものはないようだった。

〈やはり自分はあとをつけられていたのだ〉しばらく降り続いた雨で地面がぬかるみ、足跡を残してくれた。足跡はまだそれほど減っていない登山靴であり、自分をつけているのが漁師やマタギでないことを示していた。

〈しかし、誰が何のために? 自分がここに来たことを知っているのは、岬に送り届けてくれた漁師とその家族だけのはずだ〉

いずれにしろ、今いる場所にあまり長居はしたくなかった。そこで、男は明るいうちに少し下ってからビバークし、翌朝に船長との約束がある岬に下ることにした。

荷物をまとめてから稜線に沿ってしばらく下ると、左手、つまりオホーツク海側に緩やかに下る傾斜路が見えた。もう目の前に遺跡が残る草原が迫っている場所だった。そこは登る時には気付かなかった小道で、わずかに踏み固められていた。

〈けものみちだろうか？〉だとしたらもう二、三点の試料が手に入るかも知れない。もうかなり暗くなっていたので男は迷ったが、誘惑に勝てず小道に踏み入った。下が踏み固められているとはいえ、そこを利用しているのは主に小動物らしく、男はかがんで通らなければならなかった。十分も経たないうちに、男は暗い地面に注意を払いながら、これ以上進むのは困難だと気付いた。

〈骨折り損だったな……〉

男はつぶやくと、引き返すことに決めた。

その時、男は後ろで小さなうなり声を聞いた。同時に、以前清掃の行き届いてない動物園で嗅いだ臭いを思い出した。いわゆる「けもの臭い」というやつだ。それは間違いなくヒグマだった。知床のヒグマは確かにおとなしく、人を見れば向こうから避けてくれるはずだが、まだヒトをほとんど見たことがない若い個体はこの限りではない。しかもこの時は風向きの関係で、ヒグマの方も気付くのが遅れたのか、思わぬ接近を許したのだ。その結果、男は自分が来た道をヒグマに通せんぼされたかたちになった。

〈こんなことになるなら、道草なんかするんじゃなかった〉男は今さらながら後悔した。この個体は突然自分のテリトリーに現れた人間にどう出るのか？

〈精神的に未熟で力だけは強い若い牡グマでなければいいが……〉一〇メートルほど先を暗い陰がちらついているようだ。向こうも見慣れないものに出くわして戸惑っているのだろう。

〈懐中電灯で照らしてみるのはどうだろうか……しかしクマの方がパニックを起こしたら？〉いろいろ考えているうちに、男はいつの間にか後ずさりしていた。そして、突然、男は自分の片足が宙に浮いたような感覚にとらわれた。

〈まだ断崖ではないはず……〉男は落下しながら一瞬思った。やがて背中に衝撃を覚えると徐々に意識が薄れていった。

　どれほどの時間が経ったろうか。男は目を覚ました。知床の岬に近い部分では、原生林の中に、半島形成後に再び隆起した火山岩の露出部分が時々見受けられる。このような場所は短時間に強い雨が降った際に、急激に高まる地中の圧力で亀裂が生じる場合がある。男が落下したのは昨日の大雨で生じた、そんな裂け目の一つであった。実のところ、男が落下したのはせいぜい数メートルで、命に別状はないようだった。薄暗い森の中で月明かりが自分を照らしている。

〈助かったのか……〉

　男は独り言を言ってため息をついた。辺りに動物の気配はなかった。

〈しばらくここにいても襲われる危険性はないだろう〉

そう思って男は立ち上がろうとしたが、体が思うように動かせないことに気付いた。そして下半身に鈍い痛みを覚え愕然とした。

〈足が折れている……〉

男はとりあえず手の届く所にある枝を折り、タオルを裂いて足に結びつけ添え木にした。

明日、岬に迎えに来る海峰丸の船長は、自分がいなかったらどう思うだろうか？　捜索隊を要請してくれるだろうか？　ここは岬からさほど離れてはいない。捜索隊が派遣されれば……いや、自分は約束を守らないわがままな観光客として放置されるのがおちだ。

〈とりあえず食料はしばらくあるし……〉そう思って身の回りを探った男は、自分の荷物がすっかりなくなっていることに気付いた。落下した時にどこかへ飛んでいったのだろう。苦労して収集した試料もすべてなくなっていた。男は改めてその場に倒れ込んだ。

その時、背後の森で何か音がした。地面に落ちている枝の折れる音、そして動物の移動する気配を感じた。薄暗くてよくわからないが、確かに何かが近くにいる……。男は息を凝らして待った。足音は徐々にこちらに近付いてくる。

〈見つかったのだろうか？〉そしてこの足音の主はキツネのような動物の類ではなかった。ということは……。ヒグマは決して夜行性ではないが、人間がヒグマに襲われる時間帯は意外と夕方と早朝に多い。それはヒグマが人間の活動時間を避けて行動しているからだが、ばったり人間と出会ってしまう時もある。そして、この状況はまさにそれだった。体の自由が利かない今の自分が、やつらと出会ったら……。男は観念して目をつぶった。

やがて、足音の主はこちらを認めたのか、ゆっくりと近付き、男の前で立ち止まった。そのままいつまでも動かない。男は確かに自分の顔を覗き込んでいる視線を感じた。

〈どうした？　いっそひとおもいにやってくれ〉男はついに沈黙に耐えられなくなって目を開けた。

〈想像していたより若いな〉慎司は口にこそ出さなかったが、目の前の女を意外な面もちで眺めた。

慎司はこの日、突然アパートに訪ねてきた、留守番電話の主と会うことになったのだ。幸三の身内と名乗る目の前の、黒井幸子という女は、どう見ても六十を過ぎてはいない。下手をすれば五十代前半だろう。陽に焼けた血色のいい顔で目が大きいのが少しアンバランスだったが、そのおかげでお茶目な感じにも見えた。小柄な体は年の割にスリムで引き締まっており、今でも節制していることが伺えた。若い頃はさぞかし男にもてただろうが、記憶の中の幸三と比較してみてもあまり共通点は見当たらなかった。

「あのー、ご用件は？」

慎司はおずおずと切り出した。

「電話でお話しした通り、幸三のことで来たんです」

「はあ」

「霧野さんは、幸三に学生時代大変よく付き合っていただいたとか」

「いえ、こちらこそ……」

慎司はこうした挨拶が苦手だ。

「実は、幸三が……」

黒井幸子は言葉に詰まった。

「堀川さんがどうかしたんですか?」

「行方知れずなんです」

慎司の緊張が急に高まった。

「行方知れずとは、どういうことですか?」

「ここ一カ月以上、音沙汰がないんです」

「一カ月……ですか?」

慎司はやれやれと思った。幸三の昔の行動パターンからして、一カ月ぐらい家を空けることなど、どうということもないだろう。この女性は、普通の人間に照らし合わせて緊急事態だと思っているようだが、あの人は違うのだ。

「堀川さんなら山じゃないですか? 準備期間も含めて一カ月ぐらいかけることもありますし」

「いいえ、今までこんなこと一度もなかったんですよ」

黒井幸子はきっぱりと言った。彼女の言い分はこうだった。

自分は幸三が学生時代から親代わりで面倒を見てきた。週一度は電話をくれ、様子を知らせてきたし、登山で長期間アパートを空ける際も、出がけと帰宅時には真っ先に電話をくれた。その幸三から一カ月以上連絡が途絶えている。

「しかし……」

慎司は言いよどんだ。今や幸三もいい年だし、いちいち連絡をするだろうか？　そもそも目の前の黒井幸子は親代わりとはいえ、幸三とそれほど年が違わないようだが……。

「あのー、失礼ですが、堀川さんとはどういう関係で？」

黒井幸子は、一瞬はっとしたように見えた。

「私は幸三の叔母なんですよ。子供の頃、あの子は持病の喘息で何度かうちに転地療養しに来たんです」

慎司には、あの持久力のかたまりのような幸三が小児喘息だったとは意外だった。しかも幸三は元々、都会育ちだという。彼女は年の離れた姉の子供であった幸三を引き取り、今でも彼女が暮らす道東の片田舎でしばらく一緒に暮らした。そのせいか高校を卒業する頃には、病弱だった幸三は見違えるように健康になり、都会の両親の元に戻った。幸三はその時の恩を忘れず、以後も休みの度に道東を訪問するようになった。その関係は今に至るまで続いている。幸三の実の母は、もうかなりの年のため息子の行状について心配をかけたくない。そこで実母には最近の幸三の話は伏せたままで、長年母親代わりだった彼女が札幌に来たのだという。

慎司には幸三が子供の頃の話をしなかったのが、何となくわかるような気がした。高校への出席日数が少ない幸三は通信添削で勉強していたという。そう言えば、幸三は優秀な家庭教師だったと聞いた記憶がある。答案用紙の埋め方もきっとその頃学んだのだろう。また、幸三がH大在学中も道東を活動のベースにおいていたのは、黒井幸子の存在が大きかったに違いない。

「ところで、堀川さんは出かける前に何か言い残していきませんでしたか?」

「それが、その……」

慎司はいやな予感がした。

「ピラミッドがどうとかと……」

〈またかよ!〉慎司の興味はいっぺんにしぼんだ。義経の秘宝も知床の埋蔵金も過去の笑い話だったが、ここに至って幸三がいまだに夢、というより妄想を追いかけていると聞いては、笑ってもいられない。

「ピラミッドって、あのエジプトの?」

「それが……」

「違うんですか?」

「北海道にあるとか言っていたんですが」

黒井幸子は自信がなさそうだった。慎司は彼女が哀れになってきた。秘境とありもしない宝を探すのに取り憑かれた甥っ子——と言っても中年男だが——を持った気分はいったいどういうものだろうか? きっと彼女はできのよくない弟を見守る姉のような心境なのだろう。どうせ、当の幸三は北海道のどこかの山でありもしない宝を掘り返す準備でもしているだろうに。

「ところで、どうして僕のことをお知りになったんですか?」

「札幌にある幸三のアパートを訪ねましたら霧野さんのお名前を書いたメモがあって……。獣医学部の方に調べてもらい、今でも霧野さんが札幌にお住まいだと言われまして」

幸三が学生時代のものをとっておいていたとは、意外だった。それともただ捨て忘れただけか？　それに幸三が札幌にアパートを持っていたというのは、初耳だった。何となく、獣医になってからはもっと地方に生活拠点を移したような気がしていたからだ。

黒井幸子によれば、幸三は獣医になってからも、決まった動物病院や最近の卒業生に多い製薬会社の研究員として勤務したことは一度もなかったそうだ。ただ、北海道においては本州よりはるかに大規模な酪農農家が多く、予防接種や新しく生まれた仔ウシの健康診断など、季節によって非常勤の獣医を必要とすることが多い。また夏季に食中毒が発生すると検査にはよく獣医が駆り出された。こういった人材集めは多くの場合、十勝や根室といった各行政官内の保健所が担当する。

幸三はこうした役人にどうして取り入ったかわからないが、季節によってあちらこちらを渡り歩く「ながれ獣医」だったらしい。それだけでなく地方によっては、一部の酪農家に指名で直接呼ばれることも多かった。深夜のウシの出産など、割の合わない仕事を大した金も取らずに引き受けていたということだった。

帯広には元々酪農家を後押しする目的で畜産学を目玉とする国立大学も存在するが、最近の学生は食品会社や農薬会社の研究職を希望することが多く、獣医として地元に根ざす者は減ってきていた。まあ、幸三が重宝されたのは確かだろう。ウシやウマのような大動物専門で「汚れの仕事」も厭わないだろうし、独り者で経済状態にも無頓着な男だ。むしろ幸三が都会のペット専門病院で働いている方が想像し難い。とはいえ、よくそんな生活を十何年も続けてきたものだ。慎司は妙に感心した。

「幸三はアルバイトで山岳ガイドもやっていたようです」

〈その手があったか〉と、黒井幸子の言葉に慎司は納得した。

ここ二十年ほどの間に、中高年登山がブームとなり、「北海道の名山を走破」といったキャッチフレーズのツアーは珍しくない。幸三はそういったツアーのガイドをしていたのだろう。獣医の方で生活収入を得ながら、趣味の山登りで小遣いを稼ぐ。都会の動物病院勤務のような安定はなくても、幸三らしい生活は保証されていたわけだ。幸三にしてみれば、理想の生活を追求してきた結果かも知れなかった。しかし、慎司はまだ油断していなかった。黒井幸子の訪問の目的をまだ聞いていなかったからである。

「堀川さんのことはわかりましたが、私にどうしろというのでしょう?」

「実は、幸三を探して欲しいんです」

慎司にはこの言葉を聞く前から、ずっといやな予感がしていた。

幸三の知り合いの中からよりによって自分を訪ねてくるのには、何か理由があると思ったからだ。慎司がたまたま札幌に在住している、と言ってもH大の幸三の同期生は数十人いるのだ。

獣医学部に行けば、幸三の知り合いなど何人も紹介してくれるだろう。その中には黒井幸子の住む道東在住の者もいるかも知れない。慎司がほかの者と異なる点と言えば、幸三と山で何日かを過ごしたことだけだ。

「警察に捜索願いは出したんですか?」

「いいえ、幸三の両親に知られたくないので。それに……」

「それに?」

「警察などの手には負えない気がして……。幸三はおそらくどこかの山にいるんだと思います。ピラミッドとやらを探しに行って」

確かに、こんなことで警察に相談したらばかにされるのがおちだ。しかし、だからと言って自分が頼まれる筋合いはないだろう。慎司は内心動揺した。

「民間の調査会社とかに依頼されるのは?」

「捜索には大金がかかりますし、おそらく山にまでは行ってくれないでしょう」

慎司もそう思った。

「堀川さんは携帯電話などは持っていなかったんですか?」

「幸三は携帯が嫌いで」

〈あの人らしいや〉慎司にはわかる気がした。

「霧野さんなら、幸三の行動パターン、おわかりになりませんか?」

「行動パターン、ですか?」

「ええ、幸三が行きそうな場所とか、やりそうなこととか」

〈やりそうなことと言えば、秘境で宝探しだろう〉慎司はそう言いたかったが我慢した。

「ピラミッドと言っていたのは、確かですか?」

「はい、そう言っていました。北海道のどこかだと」

「と言っても広いですからねえ。それにピラミッドなんて見当もつきませんよ」

「では、やはり、引き受けていただくのは無理だと……」

「はあ、あまりに漠然としていて……」

「お礼ならさしあげられます。もちろん調査に必要な分も」

慎司はさっきより動揺した。黒井幸子は慎司が失業中だと知っているのだろうか? だとしたら自分に頼む理由がもう一つあったわけだ。

「とりあえず、ここに当座の調査費用とお礼をお持ちしました」

黒井幸子はお札が入っていると思われる茶封筒を差し出した。中には相当な額が入っていそうだった。慎司は金額を見てから引き受けると品がないと思われるような気がして、封筒の中を確かめなかった。黒井幸子は、現在は何不自由ない生活を送っている奥様のようだが、幸三がいまだに心配なのだろう。そうでなければ、こんなに時間がかかって徒労に終わりそうなことに大金をはたいて頼みに来るとは思えない。

「どうしても、とおっしゃるならお引き受けしますが、どうなるかわかりませんよ」

「もちろん、結果のいかんにかかわらずお支払いさせていただきます」

〈お金の問題じゃありませんよ〉と慎司は言おうとしたが、やめた。本当に自分はそう思っているのか、慎司は自信がなかった。自分は幸三の血縁に当たる女性に礼金をエサにうまく乗せられてしまった気がする。かつて「知床縦走」をエサに幸三に乗せられたように。

黒井幸子は幸三のアパートの部屋の鍵を慎司に手渡すと、

「部屋は幸三が出ていった時のままになっています」

と言い、自分の住所と電話番号を紙に書いて教えた。

「こまめに報告される必要はありません。私は一カ月後にまた札幌に参ります」

帰りかけた黒井幸子だったが急に思い出したように、

「ああ、それと、そのピラミッドは頭が二つあるそうですよ」

と言い残すと帰って行った。

慎司は一人になってから考えてみた。客観的に見て今の自分は暇である。ハローワークからの連絡を待つ以外は、古本屋とデパートの食品売り場を巡る日々だ。まだ余裕があるとはいえ、貯金にも限りがある。

〈小遣い稼ぎとひまつぶしになればいいか〉しかし慎司には一抹の不安があった。本当にひまつぶし程度で済むだろうか?

〈こんな所にいたのか……〉

慎司は一人で幸三のアパートの前に立ってつぶやいた。幸三の住居は、古ぼけた二階建ての木造アパートだ。慎司のアパートからほんの四、五〇〇メートル程度しか離れていなかった。慎司は二度目のH大入学以来ずっとこの界隈で生活してきたから、今まで幸三に出会わなかったのが不思議だった。

慎司は渡された鍵でドアを開け部屋に入ってみた。想像した通り、そこは六畳の部屋が二つきりの殺風景な住まいだった。机が一つと本棚が二つ、それに古いオーディオキットと音楽ソフトが部屋の隅にあった。CDよりアナログディスクが多いところが幸三らしい。どの家財道具にもうっすらと埃が積もっており、一カ月ぐらい連絡がないという黒井幸子の話を裏付けた。もっとも幸三にとって札幌のアパートは、荷物置き場か、たまに帰ってきた時の寝床に過ぎなかったのかも知れない。

慎司はとりあえずめぼしいものを調べることにした。本棚にある本は獣医学と生理学の専門書以外は、ほとんどが古本だった。それらに付いたカバーから、慎司も立ち読みの常連である港北堂で買ったものだとわかった。やはり登山関係と地図、それに高山植物や野草の図鑑のようなものが多かった。ほかにはやはり港北堂のカバーが付いた英語の小説が数冊。幸三がこんなものを読んでいたというのは、何となく意外だった。昔とは趣味の嗜好が、随分変わったのかも知れない。

〈なんだこりゃ……〉

慎司は机の片隅にさらに予想外のものを見つけた。それは水商売の女の子が店で配るような名刺で、上隅に原色で「檸檬倶楽部」と印刷されていた。名刺の名前は「梨華」と大きくあり、裏にはボールペンで殴り書きされたメッセージが「またきてね!! まってるよん!!!」とあった。

〈まってるよん……か〉

電話帳で調べてすぐわかったが、この「檸檬倶楽部」とは、どうやら札幌が全国に誇る繁華街ススキノにあるキャバクラの一つのようだった。ということは、この梨華という娘はその店で幸三の相手をしたのだろう。どうもしばらく会わないうちに幸三はただの「山岳秘境発掘マニア」からかなり変化を遂げていたようだった。

とりあえず慎司は、手がかりになりそうなものを持ち帰ることにした。幸三の後見人である黒井幸子の許可を得ているとはいえ、空き巣のような真似は気が進まなかったが、物が少ない部屋のおかげで長時間物色せずに済んだ。しかし、成果と言えば前述の本と地図、それに「梨華」の名刺ぐらいか。それに、幸三はこのアパート以外にも他の土地に家を借りて荷物を移したということはないのだろうか? もしそうだとしたらお手上げだ。

帰り際にふと慎司は思い出した。黒井幸子は幸三の部屋でメモを見つけ、そこから慎司を探し出したと言っていた。そのメモとやらはここに見当たらないようだが、黒井幸子自身が持っているのだろうか？　慎司の記憶では幸三は学生時代のものを大事にとっておくような男ではないのだが……。

〈きっとあの人も変わったんだろう〉

慎司はつぶやき、アパートをあとにした。

家へ帰ってから、持ち帰った本を検討した慎司は失望した。どれもありきたりのものばかりで幸三の行き先の手がかりになりそうなものはなかった。これ以外に手がかりと言えば……。

慎司は先ほどの名刺に目を留めた。梨華という娘は、幸三から何か聞いていないだろうか？

ここで、慎司にはひとつの疑問が芽生えた。キャバクラ嬢に聞き込みに行くには、やはり店に行くしかないのだろうか？

それはそれで慎司には関心、というか興味があった。大学のようなお堅い場所で長い年月を過ごした慎司のような人間にとって、水商売のような世界はある種の憧れなのだ。時計を見ればもう午後七時近くだった。梨華の名刺には八時から営業とあったが、思い切って電話をしてみた。電話口から聞こえてきたのは、よくある紋切り型口調の若い男の声だった。

「お電話ありがとうございます！　檸檬倶楽部でございます」

「あのー、そちらに梨華さんっていますか？」

「はい……えー、本日は八時より出勤となっております」

「では、梨華さんをお願いしたいのですが」

「かしこまりました。当店は午後九時までに御入店いただくと、四十五分飲み放題で四八〇〇円となっております。さらに……」

「じゃあ、八時ちょうどに行きますから梨華さんをお願いします。よろしく」

「それから……」

慎司は最後まで聞かずに電話を切った。名刺をとっておいたということは、梨華という女は幸三のお気に入りだったのだろうか。

〈いずれにしろ会えばあの人の好みがわかるな〉

出がけに電話があった。昼間に留守電を残していた後輩の藤川五郎だった。

「あの、昼間の論文の件ですが」

「ああ、英語チェックすればいいんだろ? いつでも持ってきなよ。こっちは暇なんだから」

「それがややこしいことになってきて……」

「どうしたんだ?」

藤川は研究室から電話しているらしいが、受話器の向こうは何となくざわついている感じだ。

何かあったのだろうか?

「××大学の高木先生っていますよね」

「高木先生?」

「はい、最近遺伝子解析を用いた系統仮説で頭角を現してきた人で……」

慎司は思い出した。確か三月まで慎司が所属していたプロジェクトの中止の一端となった公聴会の審査員だ。村上教授は自分の天敵のように言っていたっけ。

「で、その高木先生がどうかしたの？」

「どうもこうも、行方不明で」

「行方不明？　で、それが研究室とどう関係するの？」

「来週末は神戸で学会なんですよ。高木先生は大会の組織委員だったんで、事務局もてんてこまいらしくて。代理で村上先生がやることになって、飛び回っているんです」

「組織委員の代理？　あの人は飲み会の幹事の方が向いてるぜ」

「しかも、よせばいいのに学会で座長をいくつも引き受けてて……」

「座長もか？　確かに忙しくなりそうだな」

「全くいやになっちゃいます。後輩のプレゼンテーションは、ほとんど僕がチェックすることになって、自分のことに手が回りません」

「それじゃあ、投稿用の原稿は？」

「しばらくは書き直す暇なさそうです」

「それじゃあ、仕方ないな。まあいつでもいいから送ってくれよ」

「はい、その時はよろしくお願いします」

慎司は電話を切った。

「また行方不明か」

それにしても、どうして大学という所は、こうも変な人間が多いのか？　しかし、他人のピンチを自分のチャンスに変えるのも研究者の資質の一つではないだろうか。村上教授も忙しいと言いながら内心は自分に陽が当たるいい機会がきた、とほくほくしているのかもしれない。

いずれにしろ、慎司にはもう関係ないことだった。時計を見ると約束した時間が迫っている。

今は「檸檬倶楽部」が優先だ。


「梨華さん、八時からお一人様予約で入りまーす」

新入りのバイトの男の子が、少し甲高い声で告げた。

〈こんなことなら適当な名前を名乗っとけばよかった〉藍田梨華は最近後悔していた。長年使ってきた自分の名前に愛着があるという理由で、店でも本名の「梨華」という源氏名を名乗っているのだが、大声で呼ばれるのにはいまだに抵抗がある。

大体、梨華には自分がこの仕事を半年近く続けていること自体が不思議だった。それまでは最も安定している職場であるはずの銀行ＯＬだったのだ。自分の勤めるＴ銀行が突然経営破綻を発表したのは昨年の十一月だった。Ｔ銀行は北海道に根ざした唯一の都市銀行で、そのずば抜けた資金力で長年地元、北海道の基幹産業を支えてきたはずだった。しかし、その経営内容はお粗末なもので、バブル時代は土地と株を買い漁った結果、回収不可能な不良債権がかさんで長年の歴史に幕、という事態になったわけだ。もっともこんなことはさんざん報道されたから当時の新聞を読めば誰でも知っている。しかし、梨華がいまだに許せないのはその経営破綻を他の預金者同様、報道で知ったという点だった。しかも、当時街の中心部に近い支店で窓口業務をしていた梨華は、押しかけた預金者に頭を下げ続けるテレビ映像を繰り返し流された。

〈あらかじめつぶれるとわかっていたら、最後にたまった有給休暇使っていたのに〉

当時、梨華はそう思った。少なくとも報道直後ぐらいは会社を休んだだろう。

梨華の出身は、札幌から特急列車で一時間ほどの日本海に面した町である。梨華の実家はそこで手広く観光農園も兼ねた果樹園「藍田園」を営んでいる。梨華はこの町で高校卒業まで過ごすと、札幌にある短大の英文科に入学するため親元を離れた。当時でも少なくなりつつあった良妻賢母をモットーとするお嬢様学校だった。この短大を卒業してうまくT銀行に一般職として入ったのが、バブル時代絶頂期の一九九一年だった。

当時、実家に戻る話がないわけではなかったが、まだ遊びたい盛りの梨華は「仕事がしたい」と半分嘘で両親を説き伏せて札幌に残った。それに実家に帰れば「藍田園の婿さん捜し」というプレッシャーが待ち構えていた。梨華には三つ離れた妹がいるが、男の兄弟がいなかったのだ。でも、梨華にはわかっていた。バブル時代にちやほやされて入社した自分たちだが、一般職のOLが昇進できる限界は決まっている。その結果、同期入社のほとんどがいわゆる腰掛け

ＯＬで、何年かしたら誰かの奥さんに納まり、会社を去っていくのだ。

しかし、梨華たち銀行ＯＬが随分おいしい思いをしてきたのも確かだった。大した取り柄もない短大卒の自分たちが、合コンであんなに大もてだとは思わなかった。地元一のＴ銀行という一見堅そうな肩書きとバブル時代という背景がそうさせたのだろう。合コンでもその二次会でも自分で金を払った記憶がほとんどない。バブル経済がはじけてからもＴ銀行の社員の暮らしぶりが変わったという話を聞かなかった。梨華たちには取引先の中小企業の社長から「息子の嫁に」という話は降るようにあったが、「遊べるうちはまだ……」と全部断ってしまった。こうして、いつの間にか梨華は、二十七歳目前のお局ＯＬ予備軍になり、少々焦ってきている頃、あの経営破綻が起きたのだった。実家からは、これ幸いと戻ってくるように言ってきたが、梨華は半分意地で札幌に居座り続けている。

今の仕事に就いたのは偶然だった。Ｔ銀行で同期のＯＬが同じ店でバイトをしていて、常連の客と結婚することになったのだ。店を辞める時には店に別の娘を一人紹介するのが習わしらしく、梨華が頼まれてやることになったのだ。辞める彼女に言わせれば、

「うちの店は品がいいから安心だよ。それに結構いい人来るよー」

ということだった。バブルの洗礼をもろに受けた彼女にとっていい人とは、金回りのいい男という意味らしかった。店の品格に関してはさっぱりわからなかったが、この店では女の子の下半身へのタッチは禁じられていることを言っているらしかった。はじめは「キャバクラ嬢」

という響きと元銀行員の若干のプライドが梨華に抵抗を覚えさせたが、もう今はかなり慣れた。この店のシステムは、一回四十五分でボックス席で客と会話の相手をする。また、基本料金とは別に女の子のドリンク一杯分を客に払ってもらうことになっている。問題は三十分に一回のスペシャルタイムで急に店内が薄暗くなり、陳腐なバラードが流れるとともにミラーボールが回転し始めるのだ。この時間帯だけは、上半身のみお触りOKとなっているが、この店の客は案外におとなしいものだ。過激なサービスが目当ての客はきっとほかの店に行っているのだろう。客の中には、入店時からできあがっていて、いきなり抱きついてくる者もいれば、途中で酔いが回って眠りこけてしまう者もいる。

〈金を払って居眠りしに来るんだから変な人たちよね〉梨華はよくそう思っていた。むしろ店で注意すべきは、元T銀行のOLだと明かさないことだった。景気のいい時代は誰も口に出して言わなかったが、バブル崩壊後のT銀行は貸し渋りなどで随分反感を持たれていたようだった。一度など梨華がうっかりT銀行の名を出したばかりに、中小企業の社長らしい客に時間いっぱい説教されたことがある。

そうでなくとも一七〇センチ以上ある長身の梨華は、男を見下ろすことが多く偉そうに見られがちなのだ。コンプレックスを感じた男が目の敵にする気がわからないでもなかった。

「最近化粧のノリが悪いなあ」

梨華はつぶやいた。十二月で二十八になるせいか？　それとも夜型の生活に変わったせいだろうか？　店では二十四で通しているが、これがいつまで通用するだろう。

それにしても自分に開店早々指名が入るとはめずらしい。いつか来たハム工場の若社長だろうか？　札幌近郊で手作りのハム・ソーセージの加工をしているという実直そうな男だった。

〈景気のいい時代は、あんな人たちを軽く見て相手にしなかったから、罰が当たったのかなあ〉

今の梨華は人間性が第一だと悟りかけていた。〈社長でなくてもいいから誰か私をここから連れて行ってくれないかな〉しかし、そんな「できた人」は、こういう店には来ないいんじゃないか……という思いもあった。

「それではご案内します。こちらが梨華さんでーす」

案内のバイトの声に梨華は反射的に立ち上がった。


慎司はボーイに案内されると、おそるおそる店内に足を踏み入れた。目の前の四人掛けのボックス席に背の高い女がこちらを見て立っていた。女はただでさえ長身の上に高いヒールを履いているので、慎司は少し見下ろされる格好になった。

「ご指名ありがとうございます。こちらにどうぞ」

女は少しハスキーな声でそれだけ言うと奥の席を空けた。慎司が言われるままに座ると、無言でおしぼりが差し出された。

〈機嫌が悪いのかな？〉慎司は何となく女が少し失望しているように見えた。

薄暗い店内に目が慣れるのに少し時間がかかった。梨華という女は近くで見たところ、二十代半ばというところだろうか。慎司が勝手に想像していたキャバクラ嬢という感じの女ではない。北方系の血でも入っているのか、青白い顔立ちはわずかにエキゾチックに見える。北海道では時々見受けられるタイプである。丸くて黒目がちの大きな目とは対照的に、鼻と口は小さめなので大柄な割におとなしそうな印象だった。髪はストレートのロングヘアーで前髪は分けずに切りそろえている。もっともこれらの印象は薄暗いキャバクラの店内で短時間に観察した結果だから、彼女の素顔がどうなのかわかったものではないが……。

「飲みものは、何になさいますか？」

「あの、ノンアルコールありますか？」

慎司は酔っぱらっている暇はないと思ったので聞いた。

「ウーロン茶かジンジャーエールになりますが」

「ウーロン茶ください」

「それと私のドリンクなんですが」

「あなたの？」

「聞いてなかったんですか？　この店では女の子のドリンクが……」

「ああ、好きなもの飲んでください」

慎司にはよく店の料金システムが理解できていなかったが、今そんなことを気にしている時間はなかった。間もなく梨華がウーロン茶とトロピカルフルーツをどっさり乗せた自分用の派手なカクテルを持って戻ってきた。「好きなもの」と言われたので奮発したのかも知れない。おとなしそうな見かけによらず、遠慮のない娘だ。

「お客さん、前にも来ましたっけ?」

梨華はじっとこちらを見つめて尋ねた。慎司は心の中を見透かされているようで、少し居心地が悪くなった。

「いいえ全く初めてで」

「じゃあ、お友達の紹介とかで?」

慎司は例の名刺を取り出した。「まってるよん!!!」のフレーズが今ひとつ目の前の娘と結びつかないが、聞いてみるしかない。

「これ、あなたの名刺ですね?」

梨華はじっと名刺を見つめた。

「それはそうですけど」

「あなたがこの名刺をあげた人についてお聞きしたいんです」

「というと?」

「以前あなたがここで相手をした人で……」

慎司は一息ついてウーロン茶を飲んだ。

「ピラミッドについて話した人、いませんでしたか?」

それを聞くと梨華は少し眉間にしわを寄せて首を傾げた。


梨華は開店と同時に自分を指名した客に全く見覚えがなかった。もちろん最近気になっているハム会社の社長でもなかったので、少しがっかりした。目の前の男は広い額と濃い眉が印象的な男で若作りだが、三十代半ばというところか。普段着で高級腕時計もアクセサリー類も身に付けていない男は、どう見ても大金は持っていそうになかった。でも、何でも好きなものを飲んでいいと言われたので、店で一番高いカクテルを注文した。こういう場合、遠慮はしないのが最近の梨華なのである。


それにしても客の男の質問は唐突だった。見せられた名刺は確かに自分のものだが、店から渡されたあと、店長の指示通り、頭が悪そうなメッセージを書き込み今までに何百枚も配ったものだ。誰に渡したものかいちいち覚えてなどいない。そこへピラミッドがどうしたとかいう話である。

「ピラミッドって、エジプトにあるやつ?」

「そう考えるのが自然だろうけどね。エジプトと限定しなかったかも知れない」

「ほかの場所にピラミッドがあるんですか?」

「どう言ったか詳しくはわからないけど、多分ピラミッドを探すとか掘りに行くとか言ったんじゃないかな」

「ピラミッドを探しにねえ……」

梨華は記憶を辿ってみた。

〈確かに、そんな話を聞いたような記憶がある。一カ月ほど前に店に来た男だ。上機嫌でチップをいっぱいくれた男……〉

「そう言えば、そんな人いたわ」

「やっぱり！　その人の特徴憶えてる？」

「えーと、四十代半ばで痩せていたけど、体格のいい人だったわ。陽焼けしてて……」

「何か言ってなかった？　行き先とか」

「うーん」

梨華が思い出せるのは、とりあえずここまでだった。

「ところで、あなた探偵さん？」

梨華は唐突に尋ねた。

「いや、家族の方から捜索を頼まれている者で、霧野慎司といいます。僕が探している人は堀川幸三といって大学の先輩なんだ」

「遭難したのかしら？」

「簡単に遭難するような人じゃないんだけど、出てったきり連絡がさっぱりつかなくて」

「そういうのを遭難って言うんでしょ」

慎司は梨華という娘を少し見直していた。よく一カ月も前のことを思い出してくれたものだ。この調子ならもっと何か手がかりが得られるかも知れない。

そこで思い切って今までの顚末を梨華に話してみた。幸三の叔母である黒井幸子が自分を訪ねてきたこと、幸三の少年時代のこと、「ピラミッド」という言葉を残して、どこかへ消えたこと、そして学生時代に幸三と山に同行した自分が探偵代わりに雇われたことなどを。

「ふーん、その叔母さん、黒井幸子さんていうんだ」

「そう、少し変わり者の甥っ子を捜してるってことだね」

「……」

「ほかに何か思い出せることがあったら……」

慎司が言い終わらないうちに、突然照明が暗くなった。同時にBGMのボリュームが異常に上がり、店内アナウンスの声が響いた。

「お客様におかれましては、本日はご来店ありがとうございます。これから五分間の……」

アナウンスの後半はよく聞き取れなかった。

「これから五分は、お触りタイムってわけ」

いつの間にか梨華が、ミニスカートから出たひざをすり寄せてきていた。

「あのー、わかってると思うけど、キスとかはNGだからね」

慎司は固まってしまった。

「じゃあ、どこまでなら……」

「ちょっと待って！」

「何？」

慎司は、はっとした。梨華の様子は少し変だった。急に眉間にしわを寄せて店の片隅を見つめている。どうもそれは彼女が何かを思い出そうとする時の癖のようだった。そして梨華はつぶやいた。

「くろいさちこ……」

何か儀式を執り行う巫女のような表情の梨華を見て慎司は再び固まった。

寸止めのままの「お触りタイム」が終わっても、梨華はしばらく口を利かなかった。

「何かほかに思い出せたの？」

「さっきの幸三さんの少年時代の話、どこかで聞いたことあるような気がするのよ。それに黒井幸子って名前も」

梨華は少し沈んだ声で答えた。

「お客様、お時間となりました」

突然会話が遮られた。ボーイがレシートを持ってきて、傍らに立っている。

「延長なさいますか？　十分につき二千円となっております」

もちろん、と言いかけて慎司は驚いた。レシートの数字が想像していたより随分大きい。どうやら梨華が注文したカクテルと指名料が予算オーバーの原因らしかった。延長料金を払うほど持ち合わせのない慎司は、急いで梨華に自分の連絡先を教えると立ち上がった。ここまで来たらこの娘の話を聞き逃す手はない。

梨華はエレベーターホールまで一緒に来て見送ってくれた。どうせマニュアル通りなんだろうが、慎司は妙に嬉しかった。扉が閉まる前に振り返ると梨華は手を振っていた。

〈どうせなら触っとくんだったたな……〉

エレベーターの中で一人になると慎司はつぶやいた。


翌日の昼過ぎに、さっそく梨華から電話があった。

「その人の住んでいた所を見せてくれる？」

「別にいいけど。おもしろいものは何にもなかったよ」

「とにかく見たいの」

それでは、と一時間後に、幸三のアパートの前で待ち合わせをした。

梨華は時間きっちりにやってきた。黒い無地のTシャツにジーンズという格好がクールな容貌に似合っている。

「平日の昼間に悪いね」

「店は今日休みだからいいわよ。退屈しのぎになるわ」

慎司は部屋の鍵を開けた。梨華は頭だけを部屋の中に突っ込むと、呆れたような声を出した。

「随分殺風景なとこねえ」

「電話でも言ったけど、何にも大したものはないんだ」

部屋に入ると梨華は黙って、幸三の本棚を物色し出した。

「昨日の話だけど」

慎司は疑問を梨華にぶつけてみた。

「昨日の話?」

「ああ、君は堀川さんの少年時代の話に聞き憶えあるとか言ってなかった?」

梨華は質問に答えず、

「黒井幸子って人どんな感じの人だった?」と逆に聞いてきた。

「普通の五十代の中年の女の人だよ。元気そうな人だった」

「ほかには何か?」

「陽焼けしていて体格がよかったから地方育ちの人だと思う。でも言葉に訛りはなかったな」

「住所も教えてくれたの?」

「ああ、ここにもらったメモがあるよ」

梨華はさっきから一冊の本を手に取っている。慎司は梨華に声をかけた。

「君は黒井幸子さんが何か……」

梨華は目を上げると、言った。

「いないわ」

「いないって、誰が？」

「黒井幸子って人よ。多分、そんな人はこの世に存在しないの」

「それはないだろう？　僕はその人に昨日会ったばかりだ」

「おそらく偽名だわ。堀川幸三って人の叔母でも何でもないと思う」

「何でまたそんな……」

慎司は混乱していた。この娘は何を言い出すのだ。

「この本を見て」

梨華はさっきから手に取っていた本を差し出した。それは英語で書かれたハードカバーの小説だった。

「わたし短大の英文科出てるんだけど、これ学生時代にゼミで読んだ本なのよ」

「どういう本なの？」

「これはアメリカの女流作家でエリシア・ブラックウェルという人の書いた『Hurt Cosmos』

という小説よ。邦訳は出てないけど、『傷ついた宇宙』とでも訳すのかしらね」

「それで、どういう本なの？」

「これは作者の自伝的な内容の小説なの。主人公の女性キャロル・リヴィングストンはイギリスから移民した清教徒の子孫で、はじめは東海岸のボストンで生まれ育つんだけど、宗教的な束縛を嫌って、一人でまだ開拓時代のミネソタの原野に移り住むの。彼女は身内から忌み嫌われたけど姉の子、つまり甥のフランクだけは彼女を慕っていたのね。フランクはカリエスで病弱なんだけど、療養のために都会のボストンからキャロルの元に預けられるの」

「それから？」

「フランクは病気を克服してたくましく成長し都会に戻る。物語の後半はキャロルが都会に出てきてフランクを捜して彷徨する姿を描いているわ」

「でも、そんな小説のこと、今まで聞いたことなかったな」

「確かに歴史に抹殺された作家の一人だわね。この本の中でもキャロルは男にだらしない女に描かれているし、フランクに対する近親相姦的な思いがつづられているので、当時の保守的な読者には受け入れられなかったんでしょう。同じ女流作家でも同時代のオルコットとは対照的よね」

「確かに黒井幸子の話に似てるよな」

キャロルを黒井幸子に、フランクを幸三に、ボストンを幸三の育った都会に、そしてミネソ夕を黒井幸子の住む道東に置き換えれば、全く同じような話になる。

「でも、偶然ってことはないかな?」

「私も最初はそう思ったわ。でもさっき、やっと気が付いたのよ」

「どういうこと?」

「黒井幸子って名前よ。エリシア・ブラックウェルを日本語に訳したものじゃない!」

「ってことは……?」

「電話してみなさいよ! その黒井幸子って人に」

慎司は昨日教えられた電話番号にかけてみたが、「お客様のおかけになった番号は使われておりません」というお決まりのメッセージが流れた。

では住所は? 幸三の部屋で地図を見つけて探してみたが……これもなかった。黒井幸子の住んでいるという道東のS町は存在するのだが、住所は架空だった。

「あなた、かつがれたわね」

梨華は憐れむように言った。

「でも変だよ。調査用にお金をもらってる」

「本物のお金でしょうね?」

慎司はポケットから黒井幸子から渡された封筒を取り出した。

「これだけど」

梨華は中身を調べてみた。元銀行員なので鑑定には自信がある。

「これ本物よ。間違いないわ」

慎司は、この梨華というキャバクラ嬢を素直に讃えるしかなかった。

「君ってすごいね」

「別に……。どうってことないわ」

そう言いながらも梨華は少し嬉しかった。今日は英文科卒と銀行員という経歴が一度に役に立ったのだ。こんなことは社会に出てから初めての経験だったような気がする。

「でも、これってどういうことだと思う?」

「おそらく、黒井幸子と名乗った女の人は、この部屋を開けてもらい、棚の中からあの本を適当に選び、幸三さんと自分の話を作ったんでしょう。あなたに信用してもらい幸三さんを捜させるために」

「なぜ僕を選んだのかな?」

「何か言ってなかった?」

「そう言えば、堀川さんの部屋でメモを見てと……」

「あなたも見たの、そのメモとやらを?」

「いや……」

「大体、知り合いの名前なんて大学の事務室に聞けば教えてくれるんじゃない?」

そう言われてみれば、そうかも知れなかった。

「ちょっと行ってみないか?」

慎司は『Hurt Cosmos』を手にした梨華を連れて幸三のアパートを出ると、目と鼻の先にある獣医学部の事務室に寄ってみた。案の定、二、三日前に幸三の親戚であるという中年の女性が幸三の行方を尋ねて来たので、慎司を含め、立ち寄りそうな知り合いを数人紹介しておいた、ということだった。卒業生の中でも変わり者の幸三は、事務室でも有名人のようだった。

〈獣医学部で自分のことを聞いたとすると、次に連絡が行くのは……〉

慎司は急いで村上研究室に電話をかけてみた。受話器を取ったのは藤川五郎だった。

「霧野さんですか? すいません、連絡するの忘れていたんですけど、黒井さんという女の人が霧野さんを捜しに来たんで、住所を教えときました。あと悪いけど、霧野さんが昔は山男で現在は失業中だと教えちゃいました。バイト紹介してくれそうな口ぶりだったんで……まずかったですか?」

「いや、いいんだ」

慎司は力なく電話を切った。

「どうも、僕が選ばれたのは金に困った山男だかららしい」

梨華は何も言わなかった。確かに、「もらった名簿の中から、一番貧乏で暇そうなあなたにお願いしに来ました」と言うより、幸三から直接の情報で、と言われた方が引き受けやすそうだ。

「でも連絡先はでたらめでも一カ月後にはまた来るんじゃないかな。そうしないと僕から報告が受けられないじゃないか」

「黒井幸子って人、本当にその幸三さんについて知りたくて来たのかしら」

「どういうこと?」

「幸三って人の名前を使って、ほかのことを調べようとしていたとか……」

「あんな大金を素人に払ってかい?　だとしたら手が込んでるよな」

二人はしばらく押し黙っていた。

「なんか黒井幸子って女、犯罪者っぽくないかな?」

「犯罪?　名前を偽ってアパートに入っただけよ。何も盗ってないし。それに……」

「それに?」

「あなたもお金をもらって同じことしたのよ。共犯みたいなものね」

「共犯はないだろ!」

「ところで……」

梨華の口調が変わった。

「さっき見た封筒だけど、あなた結構いいお金もらってたわよね。黒井幸子から」

「何が言いたいの?」

「私も共犯になろうかな」

翌日、慎司は作戦を変えてみようと考えた。ピラミッドという言葉を頼りにH大の図書館で検索することを考えたのだ。H大は日本有数の歴史を持つ国立大学であるのに加え、その図書館は全国有数の規模を誇っている。特に北方圏の歴史遺産、蝦夷地等に関する資料は全国一だろうから、ここで「北海道のピラミッド」に関する書籍が見つからなければ、どこでも手に入れるのは無理だろう。しかし、今は教官でも職員でもない慎司が、自由に出入りできる図書館は限られていた。昔の、と言っても慎司が大学に入った頃だから、二十年足らず前のことだが、大学図書館などは大らかだった。大学と関係ない人が勝手に出入りして新聞を読んだり国家試験の勉強をしたりしていたものだ。いつ頃からかセキュリティに厳しくなり、身分証明書なしではゲートが通れなくなってしまった。今の慎司が出入りできる所は医学部図書館ぐらいしかない。

慎司は傍らの梨華をちらっと見た。慎司は図書の検索ぐらい自分一人で充分だと言ったのだが、梨華は図書館の話を聞いて自分も行きたいと言い出したのだ。

〈美保にはなんて言おうか……〉

医学部図書館にもご多分に洩れずゲートがあるが、司書の井上美保は慎司の出入りを黙認してくれる。彼女は二年ほど前まで慎司と付き合っていたのだが、はっきりとした別れの言葉もなくいつの間にか縁が切れてしまった。結婚願望の強い美保にとっては、いつも期限付きで不安定な身分の慎司との将来が見えなかったせいもあるだろう。また、慎司にとっては美保の家庭的なところが精神的に重荷だった。しかし、美保はもうすぐ三十になろうというのにまだ独身である。そして慎司と顔を合わせるのがいやではないらしい。考えてみると彼女は最近はやりの「癒し系」なのかも知れない。

「あの……」

〈惜しい魚を逃したかな……〉最近の慎司はそう思い始めていた。

いつものように手を挙げてゲートをすり抜けようとした慎司を美保は遮った。身長は一五〇センチそこそこで童顔の美保は、自分と対照的な梨華を見上げた。

「こちらは？」

「助手です」

梨華は自分からやけにきっぱりと言った。

「霧野さんの調査の手伝いをしている者です」

「はあ」

美保は困ったように慎司を見た。ここで美保に迷惑をかけるわけにはいかなかった。

「今日は文献検索だけしたいんだけど、いいかな？　すぐ終わるから」

「ええ、構わないけど」

美保は仕方なさそうに二人を通してくれた。

H大の蔵書検索用データベースにつながるコンピュータ端末は、司書の席の目の前にある。慎司は自分と梨華のことを美保がどう勘ぐるのか心配だったが、とにかく検索を始めてみることにした。

書名キーワードは「ピラミッド」で検索をかけてみた。ヒットしたのは三十五件で、ほとんどが洋書の訳本でエジプト考古学の本だった。例外としては『アメリカ投資銀行のピラミッド構造』、あるいは『改革をせまられるダイヤモンドカルテルのゆがんだピラミッド構造』といった経済学の本が数冊ある。確かにピラミッド構造とは産業形態を示す言葉の一つでもある。日本の大企業と下請け、孫請け企業の関係もピラミッド構造の一つだろう。いずれにしろ、今自分が追っているものとはまるで関係がなさそうだった。この程度の数の文献なら一つずつ内容をチェックしても、それほどの時間はかからないだろう。三十五件の中には、自分が探しているのと明らかに無関係と思われるものも多いのだ。

「それに、こちらは二人いるし、君と手分けすれば……」

慎司は振り返ってがっかりした。いつの間にか梨華は辺りから姿を消していた。検索作業に退屈したのか、図書館の中を散策にでも行ってしまったのだろうか。

〈まあいいや。一人でできるさ〉

振り返ると美保が下を見て笑いをかみ殺していた。

梨華は図書館の中を歩きながら目を見張っていた。医学部の図書館自体は、H大の図書館の中の一つの分館に過ぎず、特に大きなものではない。それでも高校の図書室に毛が生えた程度の梨華の短大の図書館に比べれば雲泥の差だった。しかし、しばらくすると梨華も散策に飽きてきた。医学部図書館の蔵書のほとんどが、戦前から続く洋雑誌のコレクションであることにすぐ気付いたからである。ここには梨華に読めそうなものはなかった。受付のあるホールに戻ると、家庭医学や薬の本も若干置いてあった。また、梨華はフロアの片隅の本棚に少し意外なものも見つけた。それは様々な動植物の図鑑や写真集だった。図鑑はどこにでもあるものだが、写真集は野生動物の一瞬の姿を捉えたものが多い。中には、『ナショナルジオグラフィック』などのグラビアを飾った写真もあった。理屈抜きで美しいこれらの写真集は、この図書館で梨華が楽しめそうな数少ない書籍のようだった。自然の生態系の中で生きる動物の喰うか喰われるかという緊張に満ちた姿は潔い、というより神々しいほどだ。梨華はしばらく図鑑を眺めたあと、名残惜しそうに立ち上がった。

「あっちはどうなったかな?」

梨華がフロアに戻ると、端末の前の慎司が渋い顔でこちらを見た。

「手伝ってくれるのかと思ったよ」

「そんなにいっぱい引っかかったの?」

「いや、キーワードのピラミッドで、たった三十五件。それも全然手がかりなしさ」

「どういうこと?」

「考古学の本と経済学の本だけ。北海道どころか日本と関係あるのは全くないね」

「無駄足だったってこと?」

「たぶんね」

慎司は美保に礼を言って手を振ると、図書館をあとにした。美保は慎司たち二人を不思議そうに見ていた。梨華は帰り道でしばらく無言だったが、口を開いた。

「情報得るにも、ほかの手を考えなきゃね」

「次はネットで検索をかけてみるよ。どこかに情報を持っている人間がいるかも知れない」

「そう、私今日は店に出るんで、ここで」

梨華はそう言うと、街の方向に去っていった。


慎司はアパートに帰るとインターネットブラウザを立ち上げた。梨華に言った通り、図書館での検索が不発に終わったので、今度こそ何か見つけるつもりだった。とりあえず、ヤフーのホームページにつなぎキーワード「ピラミッド」で検索をかけてみた。結果は二十数件のヒットだった。慎司はそれらのホームページを一つずつ検討することにした。この検討には丸二日かかった。丁寧に読んだせいもあるが、家でやるインターネットがこんなに遅いものだとは思わなかった。

Ｈ大の研究室にいた頃は、大学間が太い通信回線で結ばれ、大学内は高速のＬＡＮにより不自由のないネット環境にあった。それが、自宅でやりだしてみると、止まっているのか？　と、リセットしたくなるほどデータの転送が遅いのだ。

とにかくこの我慢の二日間で慎司が得た結果は以下の通りだった。

「ピラミッド」というキーワードの使われ方には大きく分けて三つある。

まず、第一に、「ピラミッド」が固有名詞として使われている場合である。芸能プロやアマチュアのバンド、飲食店などの名前、ピラミッドパワーグッズのネット販売もこのカテゴリーに入るだろう。実はこれらがヒットしたデータの一番多くを占めているのである。

第二に、数は少ないが昨日の図書検索でかかった経済の「ピラミッド構造」のように専門用語として用いられている例である。例えば、国立人口問題研究所が出す公的統計データである「人口ピラミッド」の推移などである。また、アメリカ農務省（ＵＳＤＡ）の提唱する食品栄養指導指針、通称「食品ピラミッド」の解説が複数見つかった。このピラミッドは成人病患者を多く抱えるアメリカ人によって作られたものだ。ヒトが健康に生きるため、必要な栄養素を得るには、様々な種類の食品をバランスよく食べることだ、ということが掲げられている。そして、これを視覚的に表現したものが四層からなる食品ピラミッドなのである。

〈成人病の予防には役に立ちそうだけどな……〉

慎司はつぶやいた。これが自分の探している「ピラミッド」とはとても思えない。

第三の「ピラミッド」は、H大の蔵書検索でも多くヒットした考古学関係である。中心となるのはやはりエジプトで、旅行好きな人が撮ったギゼのピラミッドの写真集やマスコミでも度々取り上げられる、早稲田大学古代エジプト調査隊の活動を紹介するページもある。しかし今、慎司が問題にすべきはこれら以外のものであろう。そして、その中にはいくつか「日本国内のピラミッド」と称するホームページがあった。

〈この中にヒントがあるかも〉慎司は期待を持って、まずは「古代遺跡探訪記」と称するページを開いた。

まず慎司の目に飛び込んできたのは唐突な文章だった。

――日本には今までの歴史観をくつがえす超古代の遺跡が眠っている。はるか数万年前にさかのぼる日本ピラミッドの痕跡を見て、触ってそして感動した探訪記録をお届けしよう。さあ、一緒に超古代を探訪しよう！――

〈これって……〉

慎司はいやな予感がしてきた。「超古代」や「数万年前」とくれば、オカルト本の常套句ではないのか？　作者はさらに続ける。

――私は長年日本のピラミッドと呼ばれる山々や不思議な巨石を探訪してきた。幸い、山や巨石は長い時間の中でも崩壊することなく今に至っている。日本中を廻って感じることは、日本はピラミッドで埋め尽くされているということだ。――

これらの前置きに続いて、「日本のピラミッド」と称する地名の一覧が載っている。どうも、このホームページ製作者の定義によれば、これらの「ピラミッド」には二種類あるようだ。

一つは各地に現存する山であり、山頂が尖塔形というのか尖った外観の山である。仙台近郊の太白山などは典型的だろう。また、これらの共通項として古くから信仰の対象になっている所が多い。

二つ目は比較的低い山の山頂、あるいは周辺付近に人為的な手が加えられ整形されたものである。代表的なのは、どうもその筋では有名らしいのだが、福島県飯野町にある千貫森《せんがんもり》という所だ。自然の山の中腹から山頂までに岩を積み重ねて整形した、高さ一〇〇メートルほどの小山だが、周辺には巨石群も散在しているという。

――千貫森はピラミッドである以上にUFOの飛来地として有名で、山腹にはUFOふれあい館がある――

〈……やれやれ〉

読み進めていくと、この手の話は、千貫森に限らなかった。

――二万年前に噴火して、今は十和田湖となってしまった場所には、世界最大のピラミッドがあった。さらに日本の巨石文化がエジプトに伝わりピラミッドに転化した――等々。

二万年以上前？　二万年前と言えば、氷河期の最盛期で今より一〇度ほど気温が低かったはずである。大陸から氷を渡ってきたマンモスを追い回していた狩猟時代に、巨石を積み上げる文化も技術もありえないではないか。

何より慎司ががっかりした、というよりほっとしたのは「日本のピラミッド」のリストの中から、北海道の山がすっぽり抜け落ちていたことだった。北海道の山の中にも先が尖ったピラミッド状の山が少なくない。阿寒富士や利尻山、山頂の形なら日高の戸蔦別《とったべつ》岳なども入るかもしれないが、これらはいずれもリストに入っていない。結局、このオカルトページの作者は、本州において多くの寺社信仰や山岳信仰が修行の場としてきた霊山をあとから「ピラミッド」と言い換えただけのようであった。

検索にかかった他のホームページも似たり寄ったりだった。結局、慎司が二日間で得たものは「北海道のピラミッド」らしきものはどこにも見当たらないということだった。

〈何やってんだ……〉

自分がこうしてオカルトと考古学を混同したホームページを読んでいる間にも時間は過ぎていく。しかし、幸三の知床での行状を考えると自信がなくなってきた。

〈案外、自分が捜している人もこんなのと大差ないかも……〉

翌日、突然梨華から電話がかかってきた。

「今日、会いたいんだけど」

「お店でかい？」

「違うわよ。渡したいものがあるの」

梨華は少し不機嫌そうな声になった。午後に近所の喫茶店で会うと、真っ先に梨華は、手書きのメモを手渡した。

「H大の図書館で調べたのよ。例のピラミッドと関係あるかも知れないって
慎司がよく見ると、それらは十数冊の書籍のリストだった。並んでいるのは、『幌別《ほろべつ》河口遺跡調査報告書（斜里町）』、『桜ヶ丘遺跡調査報告書（北見市）』といった地方自治体の教育委員会が発行した調査レポートの類が多い。

「どうしてこれを?」

「この前あなたが検索に失敗したのは、いきなりキーワードにピラミッドとか打ち込んだからだと思うの。それで、北海道と遺跡をキーワードに書名を検索してみたわけ」

「遺跡をキーワードに?」

「そうよ。幸三って人が、あなたが話した通りの人なら、誰かが埋めた宝を掘り返そうとしてるかも知れないわけでしょう?　そこがピラミッドなんて呼ばれているとは限らないけど、過去に調査された遺跡の中からなら、それっぽいものが見つかるかも知れないじゃないの?」

「それで?」

「二百件ほど引っかかったので、順番に怪しそうなのを検討していったってわけ」

「それがこの遺跡調査報告か。でもほかのやつは?」

リストの下の方は別の種類の文献が並んでいた。『北海道のチャシ集成図』『アイヌのチャシとその世界』『知られざる中世の北海道・チャシと館の謎に迫る』といったものだ。

「このチャシっていうのは何だろう?」

「手近な遺跡の本を読むと、頻繁にその言葉が出てくるのよ。しかも北海道限定らしいの。それで、チャシをキーワードに検索してみたんだ。そこに挙げた文献は、図書館以外でも比較的手に入れやすいらしいわ」

「ふーん」

「しかもチャシ学会っていうのがあって、会報も出してるのよ。これだけど」

そう言って梨華はコピーを取り出した。「北海道チャシ学会会報」はB5判で、一号につき四~五ページの薄いものだった。一九七九年に第一号が発行されて以来、一年にほぼ二冊の割合で刊行され、一九九八年現在、四十三号となっている。いくら薄いといっても全部コピーするのは面倒くさいので、特に参考になりそうなのを選んできたという。

「チャシっていうのは、和人入植以前から先住民が自然の地形を利用して築いた砦のようなものだと思う。河岸とか見晴らしのいい場所に建てられているのが多いし、多くのチャシに壕が巡らされているのよ。実際、戦闘に要塞として使われたチャシもあるけど焼き払われたり、その後地形が変化したりで、当時のまま残っている所はほとんどないわ」

「先住民っていうのは確かかかな?」

「チャシの跡は圧倒的に道東に多いのよ。それに一部はサハリンにも残っているから、明らかに北方系の先住民の残したものだわ。小数だけどロシア人の研究者もいるの」

梨華はそう言って比較的新しい会報を示した。そこには一九九一年にサハリンで発見されたチャシの報告が載っていた。

「チャシの規模はどうなの?」

「スケールからするとエジプトのピラミッドには程遠いわ」

「というと?」

「確か最大級のやつで」

梨華はコピーをごそごそと探し回っていたが、やがて別の会報を取り出した。

「根室のカイカラコタンチャシというのが大きかったらしいわ」

このチャシは一九八二年に風蓮湖《ふうれんこ》に面した高台で発見されたが、七八×三五メートルの広さを持ち、幅は三〜四メートル、深さ一メートルの壕に囲まれている、とあった。多くのチャシは二〇〇〜四〇〇平方メートル程度なので、十倍近い面積だ。

「チャシの建造物の高さは、どうなんだろう?」

「それは地形によると思う。見晴らしのよい、高い場所に建てれば、建造物自体を高くする必要はなかったんじゃない?」

事実、面積ではカイカラコタンに及ばない弟子屈《てしかが》のプイラクニチャシは、建造物の高さが二六メートルもあった。慎司は梨華の行動力に感動を覚えた。

「よくここまで短時間に一人で調べられたね」

「いやあ、大したことなかったわ。井上美保ちゃんに手伝ってもらったんで」

「美保に？」

「一人でここまでできるわけないでしょ？　学会誌は持ち出し禁止なんだから。コピーなんかは、ほとんどあの娘に取ってもらったんだ。可愛いくて気の利く娘よね」

言われてみればそうだ。学外者の梨華が学会誌をコピーするには、美保のような職員か学生が一緒にいなければ不可能だ。それにしても梨華が美保と仲よく作業している光景は思い浮かべにくいが。梨華は続けて言った。

「文字のなかった先住民のアイヌは遺跡を残しただけだけど、和人がチャシについての記録を残している場合もあるわ」

寛政元年（一七八九）に寛政蝦夷乱というのが起こり、その鎮圧を命じられた新井田孫三郎により『寛政蝦夷乱取調日記』が書かれた。この中にはメナシに戦闘のためのチャシがいくつも急造された、という記述がある。

「それだけじゃないの」

梨華が言うには後年、北方探検で有名な松浦武四郎もメナシ地区のチャシに言及しているという。

「今までに、この地区からは多くのチャシが発掘されているけど、四十年ほど前に発見されたチャシは、航空写真にもはっきりと捉えられているの」

そう言って梨華はさらに別の会報を手渡した。そこには一九六〇年前後に撮影された古いモノクロの航空写真が載っており、小学校の校庭のような所にあるチャシ跡と思われる遺跡が二つ写っていた。

「その二つはセットで建設されたと考えられているの。いい？　二つのチャシはセット」

「これって、ひょっとして……」

慎司は口ごもった。

「そのピラミッドには頭が二つあるって言ったんでしょ？　黒井幸子は」

「ああ……確かに」

しばらく二人が沈黙したのち、梨華は口を開いた。

「だったら、ここに一度行ってみる価値はあるかもね」

「でもメナシっていったいどこなんだい？」

梨華は少しもったいぶった様子で胸を反らしたが、おもむろに口を開いた。

「シリ・エトック」

〈こんなシチュエーションいつかもあったな〉慎司はぼんやりと思った。

梨華が去ると慎司は情けなくなってきた。自分がネット上で「神秘のページ」を探検している間にすっかり梨華に出し抜かれてしまったようだ。

〈もう少しチャシについて調べてみようか？〉梨華の残した本のリストを見て慎司は思った。

〈でも梨華は美保と何を話したんだろう？〉考えすぎかも知れないが、もう医学部の図書館にも行きにくくなったような気がした。

〈まあいいか、調査のパートナーが優秀だってことだし……〉慎司は無理に納得することにした。いつの間にか梨華は慎司にとって美保より気楽に会える相手になっていた。


翌日、慎司は梨華のメモを持って近所の港北堂へ向かった。港北堂はH大の周辺にある古本屋の中でも煉瓦造りで重々しい構えの店である。店構えだけでなく、北海道の歴史と自然、地理に関しても一番充実している。何より古本屋にしては書籍がきちんと分類されているのが、ありがたかった。

慎司が店に入ると、老主人が座ってどこかの山の写真集を眺めていた。主人は慎司をちらりと見たが、また手元の写真集に目を落とした。歴史書のコーナーは店の奥、主人が座っている席の後方にあった。本棚を見ながら慎司が驚いたのは、梨華のリストにあるチャシに関する書籍のみならず、様々な地方自治体の出している遺跡調査報告書までほとんどが揃っていることだった。中にはH大の図書館にもないものがいくつも含まれている。発行部数が少ないこのような報告書をどういう人が売りに来るのかわからないが、ほかの古本屋ではお目にかかれないところを見ると「遺跡の調査報告書は港北堂へ」という民間流通ルートが確立しているのだろう。とはいえ、厚からぬレポートに数千円の値が付いているので、慎司にはためらわれた。そこで慎司は思い切ってメモを見せながら主人に声をかけた。

「このリストの中でお薦めの本ってありますか?」

主人はじろりと慎司を見上げたが、思いのほか繊細な響きの声で尋ねた。

「歴史の勉強をしているの?」

「ええ、特にチャシについて知りたいんです」

「どれどれ……」

主人はメモを見ながら重そうな体でゆっくりと立ち上がると、本棚からたちまち数冊の本を抜き取った。

「この中から選ぶといいよ」

慎司はそれらを検討した結果、とりあえず『アイヌのチャシとその世界』という本を選んだ。梨華がコピーして持ってきた会報を出している北海道チャシ学会の編集である。

「こちらをいただきます」

「この本を選んだのは正解だろうね」

主人は本にカバーを掛けながら言った。

「河野さんの文章から始まってるしな」

「河野さんって、どなたですか？」

「河野常吉さんはチャシ研究の先駆者だよ。戦前のずっと昔の人だけど」

「お詳しいんですね」

「こういった仕事場にいると自然に詳しくもなるよ。今は趣味といえばこれと無線ぐらいさ」

主人はそれまで見ていた写真集を示した。この主人は山好きの歴史好きらしいので慎司は尋ねてみた。

「北海道の中に、ピラミッドと呼ばれる場所はありませんか？」

「ピラミッド？」

主人は意外そうな表情をした。

「誰かの墓のことかい？」

「それがそうでもなくて……。アイヌの伝説とか何かの財宝が埋まっている所かも知れません」

「まさか、それでチャシを調べてるんじゃないだろうね」

「実は……そうなんです」

慎司はいささか羞恥の念で答えた。主人は憮然とした表情で言った。

「ちょっとあんたに言っておきたいんだが」

「はい」

「どうも北海道先住民の歴史を誤解しているようだね」

「と、言いますと?」

「ピラミッドだの財宝だの、アイヌ世界を異次元の出来事のように言っているが、北方文化は長期にわたって存在してきたのだよ。和人が室町時代や江戸時代と呼んでいるものと同時代にも、それらと独立してだ。まだ研究や知識が不足しているからといって、妙に神秘的な存在に祭り上げるのは征服者に特有な差別感情の表れではないかね?」

「はあ……」

ここで説教を受けると思わなかった慎司はこの時ばかりは幸三を恨んだ。

「これを読みなさい」

主人は北海道の先史時代について書かれた本を手渡した。そこには和人と北方人の比較年表が載っていた。

北海道にも一万年ほど前から本州同様に縄文時代があった。北海道の縄文期、特に釧路から東の地域では、本州以上に自然の影響を強く受けたようだ。例えば、縄文前期の摩周湖火山の大噴火や中期から後期にかけての寒冷化による海水位の低下と、それに伴う湿原化などである。

本州では紀元前三百年頃を境に、縄文時代から弥生時代へと移行する。これは狩猟時代から農耕定住時代への変化を示す。しかし、北海道は本州よりはるかに寒冷な気候であり稲作は不可能だったため、弥生時代は存在せず縄文時代の延長である狩猟と漁業の時代が長く続いた。この時代は続縄文時代と呼ばれ、七世紀頃、すなわち和人でいうところの飛鳥時代まで続いたのである。飛鳥時代から平安末期までの五百年ほどは擦文時代と呼ばれている。当時の土器に刷毛で擦ったような文様が刻まれているからである。また、この時代にはオホーツク海から遠洋漁業を中心とする人々が金属器を数多くもたらしている。

江戸時代に蝦夷地は松前藩の統治下におかれ、幕末には松浦武四郎の『探検記』などにより、かなり詳細な記録となって残った。これに対し鎌倉時代から江戸時代初期にかけての五百年ほどが、北海道の歴史の空白期間なのである。多くのチャシ跡がこの時代のものと考えられるので、チャシ時代と総称することもある。

「まあ、不幸なことはアイヌ民族が文字で情報を伝えることに欠けていたことだろう。しかし彼らには、口伝による独特の伝承文化が生まれた」

「ユーカラなどのことですね」

「ああ、ただ、残された口唱文芸の量は膨大だが各々の成立年代の特定が難しい。このことがチャシ時代の研究にとって壁になっている」

主人はさらに続けた。

「ところで、あんたが言っていたさっきのピラミッドのことだが、何かほかにヒントはないのかね？」

「何でも頭が二つあるとか……山頂が二つあるという意味ではないかと思うんですが」

意外なことにそれを聞いても、主人は慎司を馬鹿にしたりはしなかった。

「頭が二つあるピラミッド？　確かにそう言ったのかね？」

「はい。でもそんなに変わったものなら目立つから、とっくに話題になってるはずですよねえ？」

慎司はこれを機会に、他人に自分の意見を聞いてみようと思った。

「実は、そこがピラミッドではないかという場所を見つけたんです」

「あんたがかい？」

「はい、知床なんですけど」

「知床に？　本当かい？」

主人は目を丸くして慎司を見た。信じられないといった表情だった。

「はあ……羅臼川のそばなんですが」

「あんな所で見つかったの？」

主人は意外そうな顔をした。慎司は羅臼川の南岸で見つかった二基の並列するチャシ跡について話した。

「まだ文献で見ただけなので、今度そこを訪ねてみるつもりです」

「根室から知床にかけては北方開発の中継地だったからな。和人によるアイヌの労働力搾取が盛んに行われた。そして反乱の度に戦闘拠点としてのチャシも随分造られた。それらの多くが焼かれてしまったがね」

主人は少し失望しているように見えた。

「知床はいい所だ。楽しんできなさい」

「ありがとう。何か見つかるといいんですが」

「注意して見ることだ」

主人はつぶやくように言った。

「目に見えるものがすべてではない」


慎司はアパートに帰るとさっそく『アイヌのチャシとその世界』を読み出した。港北堂の主人が勧めた通り、確かにチャシの入門書としてはいい本だった。はじめに河野常吉の一文「チャシ即ち蝦夷の砦」が掲載されている。十数ページの短い文章だが、旧仮名遣いと古語のような言い回しで読みにくいことこの上ない。出典を調べたら驚いたことに、一九〇六年に書かれた文章だった。

河野翁によれば、チャシとはアイヌ語で四方を囲まれた場所であり塀、城とも訳せる。特に砦趾を意味する場合は、チャシコツと呼ぶこともあるが、この二つはほとんど同じ意味で使われているようだ。続いてはチャシの分布が載っているが、北海道全域はもちろん、一部は津軽から奥羽地方の一部にまで及んでいるという。氷河期全盛期の二万年ほど前には、北海道と本州は氷で地続きだったため、北から渡来した人々は東北北部に住み着いたが、やがて温暖化により分離された。これに対し北海道と大陸はずっとのちまで地続きだったため、北から入植した人々の多くが北海道、特に道東に留まることになった。このことはチャシの数が渡島《おしま》国や後志《しりべし》国といった道南より、釧路国、根室国、北見国などではるかに多いことからもわかる。チャシ内部で発見された遺物として斧や槍のみならず、土器や食料なども発見されているので、戦闘時の砦としてだけでなく生活の場でもあったと思われる。ただし、チャシの位置や大きさ、構造などについては、河野翁の時代にはあまり体系化されていなかったようだ。おもしろいことに河野翁は一文の最後に「チャシとそれらの内部で発見された土器、石器の類はすべてアイヌ先住民の残したものであって断じてコロポックルとは関係ない」と大まじめに力説している。「コロポックル」とはアイヌの伝説に登場する小人というか妖精のようなものだが、こんなところにも大らかな時代が感じられる。

河野翁の文章が書かれたのは明治の後半であるが、この後チャシ研究はいっこうに進まなかった。西洋に追いつくことを至上としていた時代に、日本の歴史、それもマイノリティーのものを取り上げる人はごく少なかったからだろう。

第二次大戦後になって河野翁の子息である河野弘道がチャシの新たな分類を試みた。それはチャシの立地条件について注目した方法で、A＝丘先式、B＝面崖式、C＝丘頂式、D＝孤島式、の四種への分類である。これはその後も一般化して使われ続けている分類法である。チャシの跡は北海道全土で数多く見つかっており、千基以上に達するとも言われるが、そこにかつて存在した建造物を予想するのは容易なことではない。ヨーロッパのような石の文化と異なり、木造であるチャシ建造物はアイヌの内戦や和人との闘争の結果多くが焼失してしまった。それでも、いくつかのチャシについては文献からかつての様子が読みとれる。和人の手になる『寛文拾年狄蜂起集書』によれば、寛文九年（一六六九）のアイヌ一斉蜂起の指導者であるシャクシャインが、チャシに立て籠って抵抗した様子が描かれている。また、寛永二〇年（一六四三）に来航したオランダ船・カストリクム号の航海日誌に、チャシ内部には数軒の住居と高い足場を持つ見張り台があったと記述されている。

なお、『アイヌのチャシとその世界』には、梨華が見つけてきた「ピラミッド候補」の片割れ、羅臼川南岸第二チャシについても短い記述があり、「壕を持たないチャシ」という点で特徴的らしい。ただ、チャシの用途を軍事的拠点に限定する点には疑問が残る。多くのチャシが川を見下ろす見晴らしのいい場所にあるのは、アイヌにとって最も重要な獲物である鮭の漁場の監視が目的という説が有力だ。

実は系統立ったチャシの分布調査が北海道教育委員会により始まったのは、一九七三年のことである。文献との照合や発掘・調査による個々のチャシの機能の検証などの作業には、まだまだ時間がかかるに違いない。

〈やっぱり行ってみるしかないな〉

しかし、慎司は運転免許を持っているものの、この十数年ペーパードライバーで通してきた。

〈梨華は運転を引き受けてくれるだろうか?〉

檸檬倶楽部を何日か休んでもらうことになりそうだが、その間の手当は出してやろう。


「えーっ、一週間も続けて休むのかい?」

檸檬倶楽部の閉店後に話を切り出した梨華に、店長は渋い顔をした。梨華はほかの従業員からいやな思いをしたことはないのだが、この店長だけは苦手である。入店してはじめのうちは親切でよかったのだが、新しい娘が入る度にそちらをちやほやする。気が付くとほとんど店長とは会話を交わさなくなっていた。梨華はこの店に女の子がなかなか居つかないのは、この店長のせいではないかと思っている。それにしてもこの時の一言は余計だった。

「梨華ちゃん、やっと男ができたのかい?」

「ほっといてください」

梨華は肩をすくめた。店の中に一瞬寒い空気が流れた。街に出ると雨が降っていた。梨華はすぐアパートに戻る気にはなれず、途中でラーメン屋に入った。チャーシュー麺をすすりながらもう店には戻らないだろうとぼんやりと思った。アパートに帰ると留守電が入っていた。母からだった。

「梨華ちゃん、たまには帰ってきなさい。お父さんも体調を崩したりして心配です。連絡ください」

梨華ちゃん、などと呼びかけられると玩具の人形のようで可愛いらしいが、これは母の機嫌があまりよくない時の常套句である。長女にもかかわらず家に戻りもせず、連絡もなかなかよこさない娘に苛立っているのかも知れない。もっとも、父の体調が悪いというのは眉唾だろう。以前も母の言葉に引っかかって、うっかり帰省したことがあったが、あやうく見合いをさせられそうになった。しかし、今日の梨華はそんな母の声でさえも無性に聞きたかった。

受話器の向こうの母は電話口の様子から何となく梨華のことを察した様子だった。

「お母さん、私しばらく旅に出るから」

「旅に？　どこに行くつもりよ？」

「道東、知床の方よ」

「長くなるの？」

「一週間ぐらいかな」

「そう、誰かと一緒なのね？」

「うん」

「今度その人も連れていらっしゃい。お父さんも会いたがると思うわ」

「えっ？　ええ……」

母は完璧に誤解していると思ったが、梨華は否定し損なったまま受話器を置いた。そういえば今の電話でも父の話題は出なかった。どうも「藍田園」の後継者の心配はしばらくなさそうだった。

〈知床から戻ってから考えよう〉梨華は思った。


「意外と飛ばし屋なんだね。君って」

慎司は内心ヒヤヒヤしながら梨華に言った。梨華の横顔は前に会った時より何か吹っ切れたように見える。と言うより、運転すると周りが目に入らなくなるのだろうか？

梨華は一週間分の労働賃金と宿泊費、ガソリンその他必要経費と引き替えに運転を引き受けてくれたのだが、レンタカーでなく自分の４ＷＤ車を操って慎司の前に現れた。こういった車で知床に行くのは幸三との例の旅以来だが、ブルーメタリックに輝く梨華の４ＷＤ車は時代の変化のせいもあってはるかにスタイリッシュで、本音を言えば本当に悪路を走破できるのか慎司には疑問だった。一方、バブルの絶頂期に青春期を過ごした梨華には、格好悪い車は絶対いや、という理屈があった。

午前中に札幌を出発すると、ひたすら二七四号線を進み日勝峠《にっしょう》から清水に出た。そこから三八号線に沿ってわずかに逆走し、新得《しんとく》で名物のそばを食べてからまた三八号線をひたすら東へ走らせた。感心なことに梨華は運転を替わってくれとは一度も言わなかった。使命感を感じているのか、あまり休憩も取ろうとしないため、思った以上に移動は速かったが、途中で帯広の名物菓子も池田町のワインも一切なしであった。

〈まあいいか、遊びに来たんじゃないんだから〉慎司は納得しかけたが、梨華がもう少し自分に甘えてもいいのではないかと思った。その後、三八号線を海に沿って走らせると、夕方に釧路に着くことができた。この先は宿泊施設が少なくなるので、釧路のビジネスホテルにチェックインした。ここまで運転続きの梨華はさすがにぐったりしたようだった。

「湿原に行ってみようか。僕が運転しよう」

慎司たちは荷物をホテルに預け車を走らせた。今は日照時間が長い時期なので、まだ明るいうちに湿原が見渡せる場所に着いた。ただし、有料の展望台はしゃくに障るので少し眺めは劣るが、大型車の駐車場から湿原に沈む夕日を眺めた。梨華は膨張しながら沈んでいく夕日を遠い目で見つめていた。

〈運転に疲れただけなのかな。それとも何か悩んでるんだろうか?〉慎司は声をかけてやりたかったが、うまい言葉が出てこなかった。そして梨華の横顔を時々盗み見しながら一緒に夕日を見つめていた。

ふと、慎司はこんなことが前にもあったことを思い出した。

〈幸三と来た時だろうか？　いや違う、もっと最近のことだ〉慎司はようやく思い出した。釧路からもう少し東にある厚岸《あっけし》町の沖合に大黒島という無人島がある。海鳥の繁殖地として有名だが、ここに吉岡という動物行動学専攻の大学院生と一緒にカモメの数を数えに来た時だ。

あの時も前日に釧路に泊まって湿原見物に来たのだ。吉岡も慎司同様、村上教授の例のプロジェクト「日本列島における生態系進化の再構築」から研究費をもらっていたはずだが、今頃どうしているだろうか？　普段、口数は少ないが、酔うとおもしろい男だった。

「戻ろうか？」

日が沈むとどちらからともなく車に乗り込み、釧路のホテルに戻った。

「今日は爆睡するわよ」

梨華はそう宣言すると、食後さっさと自分の部屋に引っ込んでしまった。

慎司はホテルのベッドに転がりながら、

〈急ぐことはない。明日はゆっくりと出発しよう〉

と独り言を言った。

〈明日、羅臼で目にするであろう二つのチャシ遺跡が、幸三の言ったという双頭のピラミッドかどうかゆっくりと確かめてやろうじゃないか〉

慎司は目を閉じるとゆっくりと眠りに落ちていった。

釧路から国道二七二号線を北上すると、普段見慣れた日本とは別世界のような田園風景の中を走ることになる。同じ国道でもJR釧網本線に沿う三九一号線に比べると、通行車両は断然少ない。三九一号線の先には摩周湖、屈斜路湖、そして美幌峠など、ガイドブックにみる北海道巡りの王道ともいうべき観光地が揃っている。それに対し二七二号線周辺の別海《べつかい》、中標津《なかしべつ》などは日本一の酪農地帯である。おそらく人口より乳牛の数の方が多いのではないか。どうかすると人っ子一人いない風景の中を運転することになるが、スピードの出しすぎで死亡交通事故が多いのもこの地域なのである。

「死亡事故っていうのは、よっぽど悪い条件が揃わないと起こらないの。車のメカの調子が悪い時に、体調が悪くて反射神経が鈍ってるとかね。日没時間に路面が濡れてスリップしやすい所に突っ込むとかいうのもあるでしょうね」

これは梨華なりの理屈だろうが、それにしてもよくスピードを出す女である。慎司にしてみれば、どうせ時間があるんだから標津町のサーモンパークぐらい見学したかったのだが、梨華に言い出す間もなく通過してしまった。標津を過ぎると根室海峡をすぐ右手に見ながら、三三五号線を北上する。慎司は目を凝らしたが、この日は海峡に霧が出ており、国後島は見えなかった。

〈あの時もこんな風景を見ながら走ったんだろうか?〉慎司は十八年前に幸三と来た時のことを思い出そうとした。記憶の中の風景は、今通り過ぎていくものに比べ、ずっと明るく強い光を伴っていたような気がする。
〈あの時はわくわくしてたからな〉確かに当時の自分は未知なものへの期待でいっぱいだった。そのあとに遭遇することになる「緑の地獄」など想像もしなかったのだから。

梨華の飛ばしぶりのおかげで、車は午前中に羅臼町の入り口に着くことができた。羅臼という町は日本有数の細長い町ではないだろうか？　知床半島のほぼ付け根から岬までの半島の東半分が羅臼町である。これより長い町と言えば、半島の西半分を占める斜里町くらいだろう。半島を縦に走る知床山系が東と西の境界ということになるが、気候のみならずそこに生活する人々の気風もかなり違うと言われている。

西側の斜里町は、英国のナショナルトラストをモデルにした知床一〇〇平方メートル運動で有名になった。町の主導で自然財産を宣伝して守っていこうという、当時としては先進的な試みを取り入れる西欧的な気風と言えるだろうか。

一方で、ウトロ付近は大型温泉観光ホテルが林立し、観光がパターン化しており、どこへ行ってもバスで来た団体客に出くわすし、名所スポット周辺の汚染も時々話題に上がる。元々ウトロ側は漁業がそれほど盛んでないため、観光開発による町の財源の確保に重点が置かれている。また、斜里にはＪＲが通っており、マイカー族ではない本州からの観光客も多く訪れる。自然保護と観光開発のバランス問題は町にとって永遠の課題だろう。

これに対し、羅臼は昔も今も漁業の町である。ウトロに比べて観光資源は乏しいが、最高級と言われる羅臼昆布のほか、羅臼の前浜で捕れる羅臼ホッケ、羅臼カレイのように、市場で特別の値がつくものも多く、この町は見かけより経済的に潤っているらしい。

羅臼の数少ない観光資源と言えば、市街地の北にあるマッカウス洞窟に自生するヒカリゴケの群落だろうか。この日本国内でも数カ所にしか確認されていない珍しいコケは、茎の先端にレンズ状の細胞が並列しているため、光を反射して黄緑色に輝く。特に大規模な羅臼の群落は北海道の天然記念物に指定されているのである。とはいえ、極限下での人喰いのテーマを取り上げた武田泰淳の小説『ひかりごけ』のイメージが強いのか、それほど人気のあるスポットとは言えない。しかし、漁師町の気風を受け継いだ羅臼の住人は、口は悪くて飾り気がないが、斜里側より観光客ずれしてなくていい、とも聞いていた。

梨華の運転する車は羅臼町内に入ってから随分経ったはずだが、なかなか市街地に辿り着かない。

しかし、二十分も走るとようやく、民宿やユースホステルが数軒並んでメインストリートらしくなってきた。二人は一軒の民宿兼食堂に入ると、地元漁港に揚がったばかりのネタで構成された名物定食を食べた。慎司は店の女将に自分たちの捜すチャシについて尋ねてみることにした。しかし、女将はもちろん、店の誰も羅臼川南岸チャシなど知らないと言った。それどころか、チャシなどというものを耳にしたこともないという。どうも慎司の想像と異なり、チャシは貴重な地元の文化遺産として大切に保護されているというわけではないらしい。しかし、チャシ学会会報の写真を見せると女将はすぐに、

「随分古い写真だな。この小学校はまだ近くにあるけど、中学校はとっくに移転しちゃったさ」

と、確かに飾らない様子でその場所を教えてくれた。二人は礼を言うと車に乗り込んだ。

「何かいいもの見つかったら教えてくれな」

女将は手を振って見送ってくれた。

女将に教えられた場所はそこから五〇〇メートルも離れていない小学校の近く、と言うより、校庭と言ってもいい場所にあった。しかし、その様子を見た二人はがっかりした。そこがチャシ跡と教えられて初めて遺跡とわかるような小山であり、写真とは周りの様子も異なっていた。第一チャシの跡は、高さ四～五メートル、二、三段の階段に囲まれた長方形の盛り土で、底部の面積は学校のプールほどだろうか。第二チャシの跡も似たようなもので、少し小型で祭壇状の小山といった風情である。河野弘道の立地条件による分類法によれば、このチャシは河川に面した崖の上に立つ『面崖式』のように見えるが、どうやらそれも怪しそうだ。というのは、急峻な地形の知床を流れる河川は流れが速く羅臼川も例外ではない。

写真の撮影された一九六〇年頃とは、浸食により崖周辺の地形も大いに変化している可能性があった。しかも会報によれば第二次大戦中にチャシ近くの崖を切り取り、その土砂を対岸の

堤防を造成するのに用いたそうである。今でもそれほど敬意を払われた扱いは受けていないのだから、大和民族の偏執狂的な誇りに凝り固まった軍国主義の時代に、先住民の遺跡がどのような扱いを受けたか想像に難くない。

〈もしこれが川を監視する目的で建てられたなら、おそらく要塞としてではなく、漁場の見張りが中心になっていたのだろう〉慎司は思った。

羅臼川はサケ・マスの遡上で有名だったし、この土地周辺には、何か戦場という緊迫感が感じられない。梨華も同様な気持ちらしかった。

「ここはどうやら例のピラミッドではないようね」

「そうだな、貴重なものが埋まっているような所じゃない」

「これからどうするの?」

まだ陽が高いので知床峠を越えて、ウトロ側に出てから宿を探すことも可能なようだった。

「峠、登っちゃおうか?」

「うん。今からなら明るいうちに向こうに着けるわね」

梨華は車を元の国道に戻した。

「出る前にさっきの女将さんに一言、言っておこう」

目と鼻の先の食堂に車を止めると、また二人は食堂に入った。

「あらあ、もう戻ってきたかね?　ひょっとして見つからんかったの?」

「いやあ、おかげですぐ見つかりました。想像してたものとは大分違いましたけど」

「そうかい。ああ、さっき言うの忘れとったけどな、船長さんに聞いたら何かわかるかもよ」

「船長さん？　漁船の船長さんですか？」

「長いこと船長だったから私らはそう呼んどるけどな。もう年だからずっと漁には出ておらん。今は弟さんの家族と港の近くで民宿をやってるよ。船長さんは昔からここらに来る学者の先生たちを案内してる人さ。遺跡とか岬の方にもあるらしいんで、調査に来た先生方は岬に上陸するため腕のいい漁船を雇っていくわけさ。船長さんはそういう人たちをよく乗せてたもんな。ほかの遺跡のことも先生方から聞いて知ってるかも知れないよ」

「ありがとうございます。参考にします」

慎司は女将の声を聞いたが上の空だった。もうこの辺りで遺跡巡りをしても何も出てこないだろう。

「行こうか」

「うん」

女将は車に乗り込んだ二人に手を振りながら叫んだ。

「港に行って、海峰丸の船長さんと言えばすぐわかるよ。じゃあ、よろしくな」

羅臼から知床峠に向かう道は、国道三三四号線だ。一九八〇年に産業道路として建設された。

しかし、ウィークデーだというのにやたら観光客の車が多く、場所によっては交通渋滞のような状態にすらなる。これは道路が極めて急峻でカーブがきついため、遅い車が前にいても追い越しができないためである。何せ地図上で一〇キロメートル足らずの距離の間に七〇〇メートル以上の標高差を登るのだ。そして、その横断道路の中間点が知床峠である。標高で言えば、羅臼岳の四合目付近に当たり、天気がよければ国後島まで見渡せ、双眼鏡で羅臼岳の登山者の姿が見えることもある。

しかし、見晴らしのいい峠で静かに風に吹かれる図を想像していた慎司は、ここでも裏切られた。そこには車を停めて見学してくれと言わんばかりの駐車場があって、自家用車と観光バスが溢れている。正確には、ここは駐車場でなく駐車帯、すなわち降雪時に緊急のチェーン脱着などに使われるべき場所なのである。当然、観光客はお呼びでないのだが、羅臼岳を目の前に記念写真用のスポットがしっかり用意されているので、道路を造った人間の意図は明確だ。

——産業用道路という名目だが、あれは観光道路だな。峠の頂上にかなりのスペースがあってな……盆踊りでもしようって言うのか？

幸三はかつて、道路完成直前にそう言っていた。

〈そう言えば……〉

慎司はさっきから駐車場の人だかりが気になっていた。まさか盆踊りではあるまいが。車を降りて近付いてみると、それらは屋台風の出店だった。焼きイカや焼きトウモロコシ、茹でたジャガイモなどを売っている。しかも、これらが実によく売れている。どうもここには道路交通法の効力はあまり及んでいないようだ。

梨華もあっけにとられた様子で峠の混雑を眺めていた。

「もう下りようか？」

どちらからともなく顔を見合わせると車に乗り込んだ。

〈結局、幸三の言った通りになったわけだ〉下り道で慎司は思った。

「産業道路」はいつの間にか「観光道路」に化けて、ほとんどの観光客がそのことは知らないのだろう。確かに風景は見ても減るものではないし、国後島が目の前に見えれば感激するだろうが、かつてポロモイ台地から見た国後には及ばなかったような気がした。慎司はいつの間にか幸三と来たあの時の知床を懐かしんでいた。

〈知床の帰りと言えば……〉突然、慎司は思い出したことがあった。

「帰り、北見に寄って行かないか？」

「北見に？」

梨華は不思議そうな顔をした。

「ああ、君を連れて行きたいとこがある」

「また遺跡じゃないでしょうね？」

「違うよ」

「よかった」

「最高の肉を食わせてあげよう」


「そこを右へ、違ったか……悪い、もう一度戻ってくれる？」

梨華はうんざりした。国道三九号から入った住宅地にある焼き肉屋、ということしか手がかりがないのでは仕方がないかも知れないが。それにしても慎司はナビゲーター失格だ。

「店の名前とか憶えてないの？　憶えてたら電話帳で調べられるでしょう？」

「それが、まるっきり憶えてない、というか実は元々知らないんだ」

「まだ存在してるんでしょうね、その店？」

言われてみればそうだ。あれから二十年近くが経っている。地方の小さな焼き肉屋がそのまま残っている保証などあるまい。たとえ残っていたとしても、見つからなければどうしようもない。しかし手がかりと言えば……。

不意に付近の細い小路から煙と芳ばしい匂いが漂ってきた。

「あった、あった」

記憶を取り戻した慎司は思わずはしゃいだ。梨華は急に大声を出した慎司に驚いた。

「ここだよ。やっぱりあった」

そこは住宅街の真ん中で、梨華にはとても食事ができるような場所には見えなかった。

「降りよう」

「確かに……探しにくい場所よね」

梨華はようやく言った。

〈看板もはっきりしていない、今時の焼き肉店には珍しいほど煙を放出しているその店が、最高の肉を食べさせてくれるというのかしら?〉梨華は内心そう思っていた。


慎司は店に入ると主人の姿を捜した。若い店員を仕切っているその姿は、確かに以前幸三と来た時に話した主人と同一のようだった。さすがにその髭は真っ白になっていたが。

七輪が運ばれてきて二人の打ち上げが始まった。肉は昔、慎司が食べた時と何も変わっていないような気がした。特に若い自分には衝撃的だった分厚い牛タンと口の中でとろけるようなハラミは、あの時の記憶を呼び起こした。

〈味覚というのは記憶に留まっているんだな〉慎司は思った。

「どう? ここの肉を食ったら、冷凍肉はもう食えないと思うけど」

慎司は昔の幸三と同じ言葉で梨華に聞いた。

「確かにね……けど、すごい煙ね」

梨華は辺りを見回して言った。珍しくはしゃいだ様子の慎司を見たら、衣服に臭いが付く、などとは言えなかった。

「今日は遠慮なくごちそうになります」

「ああ、運転、ご苦労さまでした」

しばらく二人で飲み食いしたあと、慎司は店の主人に一言挨拶しておくことにした。

「ご主人、ご無沙汰してます」

「あんた、前に来たことあったたっけ？」

予想していたことだが、主人は慎司を全く憶えていなかった。

「随分前に堀川幸三さんに連れてきてもらいました。藻琴山に登ったあとにです」

「ああ、幸三ちゃんと来たの？　あいつもしばらく顔を見せてないからなあ」

主人は懐かしむように言った。

「堀川さんは今頃何してるんでしょうかねえ？」

「どっかの山だろ。また帰ってくるさ」

その呑気そうな様子が、慎司には気になった。

「でも、ここへはずっと来てないんじゃないんですか？」

「確かにな。最後に来たのは一カ月以上前だから……」

「一カ月前ですって？」

慎司は驚いて聞き返した。主人の口調から、数年は幸三の顔を見ていないような気がしていたのである。

「ああ、あいつはここ十年ぐらい、月二、三回は来てくれてたよ。標津と別海があいつのホームグラウンドだったからな。それに大雪をガイドした帰りによく寄ってくれたんだ」

主人によれば幸三は自分がガイドした客を店に連れてくることがしばしばあった。最後に来た時も一人ではなかったという。

「ただ、あの時は……」

「あの時は？」

「登る前だったな。二人で登山計画を話し合っていた」

「どこへ登ると言っていましたか？」

「どこだったかな」

「お願いしますよ。大事なことなんで」

慎司は食い下がった。

「うーん、やっぱりわからん」

「じゃあ、一緒にいたのはどのような男の人でしたか？」

「結構いい年だったよ。六十ぐらいだったかな。大柄でよく飲んで大声でよくしゃべってたな」

どうもその男が幸三がガイドした最後の客のようだった。

〈その男とどこかの山に向かい消息を絶った……。予期せぬ事故にあったのだろうか？　それともその男は何かの悪意を持って幸三に近付いたのか？〉

幸三は道東で獣医の仕事をベースに趣味と実益を兼ね、副業に山岳ガイドをしていた。そして一カ月以上姿を消しているなどという点について、黒井幸子は嘘を言わなかったわけだ。

慎司が主人と話している間、梨華は牛タンと塩ホルモンを追加注文して勝手に食べていた。梨華には、主人と話す慎司がだんだん興奮してくるのが遠目にもわかった。しばらくは七輪を独り占めできた梨華だが、慎司が戻ってくるとそうもいかなかった。慎司はホルモンをまとめて口に放り込むと言った。

「見つかるかもよ」

「見つかるって?」

「堀川さんだよ。一カ月前にここに来たんだって」

梨華は驚いて箸を休めた。

「どういうことよ?」

慎司は主人の話を梨華に聞かせた。

「その六十ぐらいの男が、ピラミッドの話を堀川さんにしたのかも知れない」

「ということは?」

「堀川さんからそのことを聞いたんだとしたら、黒井幸子も案外近くに住んでいるのかも」

そして、幸三の普段の活動範囲である別海や標津と言えば……。

「羅臼の隣りよね」

二人は同時に叫んだ。

「船長さん!」

羅臼でガイドをしている通称「船長さん」なら何か知っていてもおかしくはない。

「明日、もう一度羅臼に戻ろう」

「うん、そうしよう」

しかし、慎司にはまだ疑問が残った。黒井幸子はどこで幸三に出会ったのだろうか? 謎の男と黒井幸子がグルだということはないのだろうか?

「それは妙だわ。もし、その男が何か事件を起こしたなら隠し通そうと思ってるはずじゃないの? でも黒井幸子は幸三さんを捜して欲しいと言ったんでしょう?」

「うん、確かにそう言った。あの時は真剣にそう願っていたと思う」

残ったビールを一気に飲み干すと梨華は急に立ち上がった。

「そろそろ失礼しましょうか。明日の朝は早いわよ」

慎司は呆気にとられた。

「私、車で待ってるから。じゃあ、ごちそうさま」

「ちょっと……」

慎司は慌てて梨華のあとを追いかけて店を飛び出した。

第三章　ツイン・ピラミッド

男はカーテンのない窓から朝の日射しが差し込んでくるのを感じ、目を覚ました。

〈静かなもんだな〉

このところ残雪が随分少なくなった。風も徐々に暖かくなってきたのがわかる。

〈さてと……〉

男は上半身をよろよろと起こすと、這うように炊事場に向かった。そして、かまどに火を入れ昨夜の残りのスープを温めた。

男がこの小屋に来てもうすぐ一週間になる。足も徐々にではあるが順調に回復している。あと二、三週間もすれば歩いて山を下れるかも知れない。

〈荷物さえ残っていればな……〉男は心の中で嘆いた。

集めた試料の入ったリュックサックは、転落した時なくしてしまった。もしあの試料があれば、採取したヒグマの糞を金網上でメッシュ洗浄したのち、分類して対照物と比較する。それぐらいなら今自分がいる山小屋でもできそうである。とはいえ、何もかも失われてしまった今となっては、小屋の周りをよろよろと散歩するか、天気が悪い時は窓の外を眺めているくらいしかできない。森に戻って試料を集め直すのは、今の自分には、とても不可能だった。

とにかく、今一番困っているのは日中の過ごし方だった。

〈まあ、生きてるだけましだよな〉男はさらに腕時計を見て言った。

〈あと一時間の辛抱だ〉

きっかり一時間後、小屋に近づく足音がした。あの日と同じ跳ねるような足音だった。足音の主は、ノックもせずにいきなり小屋のドアを開けると中を覗き込んだ。

「今日はごちそうよ。港でタラを分けてもらったの」

あの日、岩の裂け目に転落した男を覗き込んでいたのは若い女だった。いや少女と言った方がいいかも知れない。好奇心の強そうな眼をした十三、四歳の娘だった。

「おじさん猟師さんじゃないよね?」

「君は?」

直前まで死を覚悟していた男は、しばらく呆気にとられていたが、足の痛みをこらえて尋ねた。

「あたしが帰ろうとしたら、叫び声が聞こえたような気がしたから来てみたんだ」

「そうか、どうも俺の足は折れてるみたいだ」

「そう、じゃあ私が肩を貸すから近くの小屋まで行こう」

「近くに山小屋があるのか?」

「うん。すぐそこよ」

少女に助けられ、ようやく小屋に辿り着くと男は娘に尋ねた。

「俺が倒れていた近くにリュックサック落ちてなかったかな? 一緒に崖から落ちたはずなん

だが……」

「リュックサック？　気が付かなかったわ。もう暗くなってたからね。明日私が捜しに行ってこようか？」

「ありがとう。危険がなければよろしく頼むよ」

「おじさんが落ちた場所は、崖なんて立派なとこじゃないよ。高さ三メートルぐらいしかない岩の隙間だったもん」

「そうだったか、ところで、君はここで何を……」

「ああ、悪いけど詳しいことは明日にしてくれる？　これ、お弁当の残りだけどあげるわ」

少女は、男にサンドイッチを手渡した。

「明日の午前中にまた来るから。そっちの隅に蒲団とか毛布置いてあるわよ」

少女は手を振ると、さっさと小屋から出て行ってしまった。


翌日、約束通り少女はやって来た。救援隊を連れてくるのかと思ったらまた一人きりだった。

少女は食料と鍋を一つ持ってきた。

「これで何か作って食べて。水は雪を溶かして使ってよ」

「この小屋は？」

「ここは、もう長いこと使われてない避難小屋みたいなやつだけど」

「今日は誰か連れてくるのかと思ったよ」

「ここは私の秘密基地よ。海からも見えないの。だからほかの人に知られたくないの」

少女は少し自慢そうに言って男を見た。

「それにおじさんだって……」

「何だ？」

「こんな所で一人きりなんておかしいわ。ひょっとしてどっかから逃げてきたの？」

男は無言で肩をすくめた。

「ところで、君の名前は？」

「あたしの名前？　美和子よ」

「でも、毎日どうやってここに来るんだい？」

「知り合いの漁師さんにウトロ港から連れてきてもらうんだ。本当はこっち側の岸壁に船を着けちゃいけないらしいんだけどね」

「家族の人は何も言わないのか？」

「家族？　いないようなもんよ」

「亡くなったのか？」

「両親が離婚して、東京から母親の兄弟がやってる農場を頼ってきたんだけど、田舎の人って出戻りには冷たいもんよ。私もお母さんも居場所に困ってるの。確かに農場の経営って大変で余裕はないでしょうけど……北海道の人ってもっと親切なのかと思ってたわ」

美和子はよくしゃべる娘だった。

「君も苦労人だな」

「まあね。退屈だから港で漁師さんと友達になって船に乗せてもらうようになったんだ」

「学校は行ってないのか？」

「ほとんど行ってない。あんな田舎っぺばかりのとこいやだもん」

「将来はどうするんだ？」

「将来？　何も考えてないよ」

「勉強も少しは大切だぞ」

「月並みなこと言わないでよ」

「でも田舎っぺには負けたくないだろう？」

「うん」

「俺が見てやろうか？」

「おじさんにできるの？」

「ああ、その代わり条件があるぞ」

「何？　食べものなら持ってくるよ」

「頼むからそのおじさんはやめてくれ。これでもまだ三十前なんだ」

律儀なことに、美和子は毎日昼前になるとやって来た。その日の食料、それは港の市場で手に入れた魚や野菜の切り落としだったり、それも手に入らない時は、農場から牛乳をくすねて持ってきたりした。今日のようにタラなどが手に入ると鍋物を作って二人でつついた。午後からは美和子の持ってきた教科書や参考書で勉強した。

美和子は元々利発な娘のようだった。東京の中学校でも決して成績の悪い方ではなかったろう。

〈いきなり北海道の地方の中学校に転校したら、さすがに物足りないだろう〉と男も納得した。

数週間が経ち、男の足が回復してくると、時々フィールドワークと称して美和子を小屋の周辺に連れ出した。小柄な美和子はいつも軽いフットワークでついてきた。

「どんな物にも名前がある。例えば……」

男は足下の草に目を留めた。

「これは小鹿菊《こしかぎく》、別名オロシャギクと呼ばれる外来種で、キク科の植物だ。マトリカリア・マトリカリオイデス〔*Matricaria matricarioides*〕という学名がついている。ラテン語だから正確な読み方じゃないかもしれないけどね」

「そんな草にも名前があるんだ。普段はただの雑草としか呼んでないのにね」

「そうさ。雑草を英語でウィードというんだが、憎まれっ子とか役に立たない人という意味もあるんだってさ」

「役に立たないか。今の私みたいね……」

「呼び名なんて人の都合次第で変わるのさ。改良される前は、芝生だって雑草の一つだったんだから」

「じゃあ」

急に美和子は改まった。

「ピラミッドは役に立つの？」

男は不意の質問に慌てた。

「なぜそれを？」

美和子は男の動揺をはっきり見てとったようだった。

「寝言で言ってたわよ。頭が二つあるからどうとか」

男はおし黙った。美和子は続けた。

「その頭が二つあるピラミッドを探しにここらへんに来たの？」

「……」

「ピラミッドって、エジプトにある王様のお墓でしょう？」

「正確にはお墓じゃないかも知れないが、似たようなものかな」

「どっちにしろ、こんなとこにあるはずないと思うんだけど」

「普通の人間はそう思うだろうな」

「あなたは、ほかの人と違うってわけ？」

「ほかの人間の目には、見えないピラミッドだってあるさ」

「あなたには見えるの？」

「気をつけて見ればな」

「それはあなたがなくしたっていうリュックサックと関係があるの？」

「……」

「やっぱりそうなんだ」

「この話、もうよさないか？」

「なぜよ？」

「今日は戻ろう」

男は小屋に向かって歩き出した。美和子はその背中に言った。

「私が代わりに探してあげてもいいよ」

「お前には無理だ。危険な所を通らなければいけない」

「平気だよ」

「だめだったら、だめだ」

思わず大声になった。

「何よ……」

美和子が悔しそうにしているのはわかったが、これ以上危ない目に遭わせるわけにはいかない。今でも天候の善し悪しにかかわらず、毎日ここまで登ってくるのだから。

「怒鳴って悪かったな。今日はもう帰りな」

「もう知らない」

「そう言うな」

美和子は無言で小屋から駆け出すと、岩壁の下で待っている漁船に帰って行った。

〈潮時かもな……〉男はつぶやいた。

ここへ来てから一カ月近くが経っていた。足も順調に回復しており、もう自力で下山も可能である。

〈岬の番小屋で漁船を見つけたら拾ってもらおう〉男は黙って手近な袋に必要最小限の荷物を詰め込み始めた。


翌日は風が強く、いつもの漁師のおじさんは、船を出してくれなかった。

〈何さ……〉港をぶらぶらしながら美和子はふてくされていた。今日学校に行ったら抜き打ちで理科のテストがあった。久しぶりで学校に出てきて満点を取った美和子を同級生はびっくりして見ていた。

〈だからどうだっていうのよ？　私には専属の教師がいるんだからね。これぐらいできて当たり前だっていうのよ〉そう叫びたかった。

それにしても、この前のあの男の態度は気に入らなかった。美和子はどんよりとした暗い空を見上げて思った。

〈一日ぐらい食べものなしで、いい気味だわ〉

翌日は気持ちよく晴れた。朝、家を出る前に母親が兄弟と何かを話し合っていた。

「美和子、今日帰ったらあなたに話があるから」

母親の言葉に返事もせず飛び出した。

「どうせ私には関係ないわ」

港まで走ると馴染みの市場のおばさんがサケの切り身をくれた。

〈これと農場から盗ってきた牛乳を使って鍋物を作ってやろう〉

美和子はいつものおじさんの船に飛び乗った。岸壁に船が着けられるのも早々に、小屋まで一気に駆け上がった。しかし、小屋が見えてくるといつもとは少し違う様子に気付いた。美和子はドアの前でしばらく立ちつくした。

「いないの？」

その声に返事はなかった。

中に入ると、机の上に走り書きされたメモがあった。

——美和子へ、

今までありがとう。ピラミッドは一人で探します。しっかり勉強しろよ——

〈何よ……〉美和子はメモを握りしめたまま、声をあげて泣いた。

「ずっと一人暮らしをしてると、親のありがたみを感じるって言うけどあなたはどう？」

梨華は知床横断道路を羅臼に向けて運転しながら、助手席の慎司に尋ねた。

「親のありがたみ？　普段はあまり意識しないけどねえ。君はどう？」

「前は何とも思わなかったけど。最近は子供の頃、食べたものが懐かしいのよ」

「そう？　きっとうまいもの食べてたんだろうね」

慎司は答えながら変なことを聞く女だと思った。

「あなたは果物農家になんて興味ないんでしょう？」

「果物は好きだけど、仕事はきついんだろうね。自然を相手にするんだから」

「そう、好きでなければとてもできない仕事だわ」

やがて二人の前に見慣れた羅臼の街が迫ってきた。

「着いたわよ」

港付近で車を停めると慎司は外に出た。

「船長さんの居場所を聞いてくるよ」

港で網の手入れをしている漁師に聞くと、船長さんの民宿はすぐわかった。二人はすぐに車を走らせた。

教えられた民宿の前では、屈強な海の男といった風情の中年男が、今晩の客に出すのだろうか、数種類の魚を手際よくさばいているところだった。慎司はゆっくりと話しかけた。

「こちらのご主人ですか?」

「ああ、そうだけど」

「実は、海峰丸という船の船長さんだったという方にお尋ねしたいことがあって来ました」

「ああ、だったら俺じゃない。うちの伯父さんだよ。今は外に出ているけど夕方には戻ってくるだろうよ」

「船で出てるんですか?」

「とんでもない。おやじさんはもう年だからな。ずっと漁には出てない。大方、港の方にでも散歩に出てるんだろう」

慎司は梨華に聞いてみた。

「夕方まで戻らないってさ。どうする?」

「ご主人、今晩泊まらせてもらえますか?」

慎司に答える前に梨華は尋ねた。

「ああ、空いてるよ」

「じゃあ、一泊お願いします」

慎司は小声で聞いた。

「ここに泊まるのかい?」

「その方が都合がいいでしょう? どうせ今晩、船長さんの話を聞いたらどこかに泊まらなければいけないんだから。それに宿泊客にならば話しやすいと思うし」

「それもそうだな」


二人は夕食まで羅臼の街を歩いてみることにした。

羅臼町が広いだけでさいはての僻地だと思うと大間違いである。確かに市街地は国道沿いの狭い領域に集中しているが、この中に数軒のホテル、総合病院、町民体育館に郷土資料館などが存在している。知床国立公園の原生林の東半分は、羅臼町に属するため、営林署や森林事務所など国の出先機関も少なくない。また、ロシアとの漁業権を巡ってのトラブルに対応するため海上保安庁の出張所まである。さらに国道を峠方面に登ると温水プールや国営のキャンプ場まであるらしい。もっとも、地元の古老に言わせると、昔はもっとにぎやかで、パチンコ屋や映画館もたくさんあったそうである。

「思ったより拓けてるわよね」

梨華は感心して言った。やはり漁業で潤っている町というのは本当かも知れない。ただ、羅臼のホテルや民宿はウトロに比べると一軒一軒の規模は小さく、営業スタイルも一匹狼的であるように感じた。これは「飾らぬ漁師気質」と関係があるのだろう。

港はさっきまで晴れていたのに少し霧がかかってきて寂しい印象だった。「ラウス」という地名に重い印象を抱くとしたら、この変わりやすい天候と、小説『ひかりごけ』のせいかもしれない。

「私の育ったところと似ているわ」

梨華は少ししんみりして言った。

「君の育ったのも港町だったっけ」

「ええ、子供の頃からね」

「毎日海が見えるなんて、僕は少しうらやましいけどね」

「時々、港を見てるうちに不安に駆られることがあったの。このままおばあちゃんになるまで、ずっとこの風景を見続けて風景の一部になってしまうんじゃないかって……ね」

「でも、君はそうならなかった」

「どうかしら」

しばらく二人は無言で港を見つめた。

「帰ろうか?」

「うん、そろそろ船長さんが帰ってくる頃ね」


宿に戻ると食事と風呂のどちらを先にするかを聞かれたので、先に風呂に入った。

船長さんはまだ戻っていないようだった。風呂から上がると、部屋に食事が用意されていた。

風呂上がりで浴衣姿の梨華は結構色っぽい。そう言えば、二人きりの部屋で食事をするのはこれが初めてだと慎司は気付いた。食事のメインは、おそらく主人がさっきさばいていた魚なのだろうが、基本的に山の男である慎司には、それぞれが何という魚なのかさっぱりわからなかった。港町育ちの梨華は、それらをいちいち解説してくれるのだが、慎司は食後に控える船長さんの話が気になって半分上の空だった。

「たぶん、この中で一番値の張るのはこのエゾバフンウニよ。ここらへんではガンゼと呼んでるらしいけどね。これがもし東京あたりですしネタになったら……ちょっと！　ちゃんと聞いてるの？」

「えっ……ああ」

〈大事を前にしても女って度胸あるよな〉強引に振る舞う梨華を見て、慎司は思った。

食後に器を下げに来た女性に慎司は聞いた。

「船長さんと話せますか？」

「下の広間にどうぞ、いつでも会えますよ」

それでは、と慎司たちは身仕度を整えて広間、と言っても居間のような部屋に向かった。

部屋の隅の籐椅子で一人のがっしりした体格の老人がパイプをくゆらしていた。年は八十近いだろうか、長年の漁生活で浴びた紫外線によって肌には深い皺が刻まれていた。実際のところは、見た目よりもっと若いのかも知れない。慎司は写真で見たことのあるヘミングウェイを思い出した。

「船長さんですか？」

「ああ、俺と話したいというのはあんたたちか？」

「はい。実は人を捜しています」

「人を捜してる？　そいつは漁師か？」

「違うんです。実は……」

慎司は、船長さんが知床に来る学者たちを長年にわたり案内してきたことを聞いて来た、と言った。自分たちの捜している男も最近、ここ一カ月以内に知床で遺跡を探していた可能性がある。また、北見の焼き肉店で聞いた情報を元に、六十ぐらいの男と二人だったかも知れない、と付け加えた。

「うーん。ここ何年か学者の先生を案内したことはないなあ」

「あんまり学者って印象の人じゃなかったと思いますよ。どっちかっていうと山男風です」

慎司は幸三の風体を思い出しながら説明した。

「印象も何も、ここんとこ誰も案内してないんだ」

少し沈黙したのち、

「で、ほかにそいつの手がかりはないのか？」と尋ねた。

「その人は、ピラミッドのようなものを探している、と言っていたかも知れません」

「ピラミッドを探すだって？」

「はあ」

慎司はその「ピラミッド」がチャシではないかと考えたこと、また自分たちが羅臼川南岸のチャシを訪ねてがっかりしたことを話した。

「チャシといえばアイヌの遺跡だろ。あんなのそこら中にあるよ。知床岬の先っぽの文吉湾にだってあるぐらいだ」

「ピラミッドとかいう呼ばれ方をしているチャシは、この辺りにありませんか？」

「ああいうのがピラミッドに見えるかなあ？　それともお宝でも埋まってるのか？」

慎司はもうこれ以上聞いても無駄だろうと思った。いくら船長さんが年だと言っても、ここ一カ月以内のことを忘れるとは思えない。幸三はこの辺りには現れなかったのだ。

あきらめて帰りかけた慎司だったが、この時、ふと港北堂の主人の言葉を思い出した。

――注意して見ることだ――

「何か言ったか？」と船長さんは聞きとがめた。

「いいえ、大したことではないんですが、ここへ来る前に今の話をしたら、目には見えない重要なものもある、とアドバイスをくれた人がいて」

「目には見えない、だって？　目には見えない……」

船長さんの表情が今までと変わっていた。

「そう言えば……あの時か？　……まさか……な」

「どうかしましたか？」

船長さんは一瞬の沈黙のあとに、

「ひょっとしたら俺はそいつに会ったかも知れない」と言った。

「何ですって！」

慎司と梨華は同時に叫んだ。

「どこで会ったんですか？」

「羅臼港から知床の岬まで船に乗せた」

「確かですか？」

「あんたがさっき言った言葉で思い出したよ。その男も、目には見えない宝を探していると言っていた。そいつが知床のピラミッドにあると言ったような気もするが、細かいことは憶えとらん」

「知床のピラミッドに？　本当ですか？」

「ああ、とにかく俺はその男を岬の風船岩あたりで降ろしたんだ」

「いつのことですか？」

「それが変なんだ」

「というと？」

「俺がそいつに会ったのは、あんたたちが言ってるような最近のことじゃない」

「一カ月以上前のことですか？」

「一カ月？　それどころじゃない」

「では、いつですか？」

船長さんは、ふうーっとパイプの煙を吐いた。

「信じられないかも知れないが……一九五九年の四月のことだ」

しばらくは沈黙が支配した。慎司は口を開いた。

「その人は我々が捜している堀川さんではありませんね。年齢が全然合いませんから」

「その男はいくつだっけ？」

「今、四十七、八のはずですから、当時はまだほんの子供です」

「考えてみればそうだな。あいつは別人だ」

「念のために聞いておきますが、どんな男の人でしたか」

「三十前後の痩せた若い男だった。かなり旅慣れた様子だったが、どこか都会的だったような気もする」

「ほかには何か憶えていませんか？」

「ああ、確かそれ以前にも岬に来たことがあると言ってたな」

「帰りもその人を乗せて羅臼港に戻ったんですか？」

「男を降ろした三日後に岬へ迎えに行くつもりだった」

「つもりだった?」

「その帰りに船底を岩礁でこすってな。海峰丸をドックに預けたんだ。そのおかげで俺は死なずに済んだんだが」

「死なずに済んだ?」

「ああ、俺が何でこんなに昔のことを憶えていると思う? 船をドックに預けている間に羅臼をあの四月突風が襲ったんだ。あの事故で多くの漁船と漁師仲間が失われた。俺は船のせいで漁を休んでたから、今こうやって生きている」

「その男は結局どうなったんですか?」

「船がドックから戻ってきたんで、約束から一日遅れで岬に行ってみたんだ。番小屋は屋根が吹き飛ばされてひどい有様だった。待たせていた弟の家族は無事だったがね」

「それで?」

「一日待ったが、結局男は現れなかった。あの時は強い風が半島側から吹いたんだ。仲間の船もみんな国後側に吹き寄せられた。男が嵐の最中に不用意に岬に出てきたら、突風で断崖から転落したかも知れない。そうなると死体もばらばらになって揚がらないだろう」

それ以上の情報は、船長さんから得られそうになかったので、慎司と梨華は礼を言って部屋に戻った。

「どう思う？」

「おそらく、船長さんの記憶に間違いはないと思うわ。年寄りは昔の記憶はしっかりとしていると言うし。それに、四月突風って子供の頃、おばあちゃんから聞いたことがあるわ」

「船長さんが岬まで乗せた男は、今生きてれば相当な年だな」

「生きてればね。四十年近く前だから七十前後か……」

「堀川さんが北見の焼き肉店に連れてきたのが、その男ってことはあるかな」

「何となくイメージが合わないのよねえ。年も微妙に違うし。それに焼き肉屋で見たって人は、体格がいい人だったって言うじゃない。岬に行った人は痩せた人だったんでしょう？」

「でも、体格なんて年月で変わるかもしれないし」

「若い頃に何度も行った場所に改めてガイドの幸三さんを連れて行くかしら？　しかも船長さんの時は単独で行ってるのよ」

「確かにそうかも」

　慎司は最近、梨華に言い負かされるのに慣れてきた。やはり四十年前に船長さんの船で岬に行った男は、幸三と北見で目撃されたのとは別人だと思うべきなのだろう。それどころかさっきの話では、男は四月突風に吹き飛ばされて、この世にいない可能性も大いにあった。

　しかし、今回の取材の収穫はあった。「ピラミッド」はやはり知床、それも岬から船で上陸して探すべきものらしい。こうしている今も、その男は幸三をガイドに見えないピラミッドを探し続けているかも知れないのだ。

「これからどうしよう？　これ以上、幸三さんの手がかりは出てこないわね」

「明日、帰り際に釧路の図書館に寄るよ」

「図書館に？　何を調べる気なの？」

「まあ、任せろよ。君は運転を頼むよ」

「それだけ？　つまらないの……」

梨華はふくれて自分の部屋に引っ込んでしまった。

翌日、宿を発つ際に主人から宿の名刺と羅臼町の観光パンフレットをもらった。

「また来いよ」

それだけ言って主人は二人を見送った。


梨華の運転する車は、数日前通ったばかりの三三五号線を逆行して釧路に向かった。

やがて、朝から無口だった梨華が口を開いた。

「で、どうやって捜すつもり？」

「四十年前、知床でピラミッドを捜していた男は、予期せぬ事故に遭ったんだと思う。ことによると当時の地方新聞に行方不明の記事か、尋ね人欄の広告が出ているかも知れない」

「その男は都会人っぽい男だって言ってたけど、地方紙の尋ね人欄に出るかな？」

「いなくなったのは道東地方だから、情報を集めるならこっちの新聞に出すだろう」

「なるほどね。じゃあ、図書館で当時の新聞を片っ端から探そうってことね」

「今はマイクロチップでデータベース化されているから、大した手間じゃないさ」

「それは結構名案かもね」

梨華は少し機嫌を直した。

釧路市の公立図書館は釧路駅からメインストリートを一キロほど走った後、幣舞橋《ぬさまいばし》を渡ってすぐの場所にある。午後一番に図書館の職員に会うと慎司は開口一番切り出した。

「一九五九年の新聞が見たいんですが」

「だから言ったのよ」

埃っぽい書庫の中で梨華は口をとがらせた。

「何か……言ったっけ?」

「昔の新聞を片っ端から探すなんてどうかしてるって」

「言ったかな、そんなこと」

図書館の司書によれば、データベース化されているのは一九七〇年以降の新聞で、それより古いものはまだ書庫の中に束のまま保管しているということだった。

「これから徐々に古いものもマイクロチップに移し替えていく予定ですが、何分人手が足りなくて」

司書は申し訳なさそうに言っていた。とにかく当時の新聞の尋ね人欄を二人はチェックすることにしたが、これはなかなかやっかいな仕事だった。当時の道東の人口は今より随分少なかったはずだが、尋ね人欄の情報量は意外と多い。今のようにメディアやネットを使って様々な情報が短時間に得られる時代と違い、新聞の短い広告欄が貴重な情報を与えていたのだろう。

船長さんの言っていた「四月突風」は、確かに悲惨な事故だった。一日で漁船十五隻が沈み、八十九人の漁業関係者が犠牲になった。過去にも「洞爺丸台風」などの大きな海難事故はあったが、羅臼沖のように狭いエリアでの事故としては最大級ではないだろうか。事故後には遭難者を救助しようと漁船仲間が多く駆けつけたらしいが、国後島に近付くとロシアの警備艇から機銃掃射を浴びせられた。当時はそんな時代だった。

梨華と慎司は、「四月突風」のあと二カ月ほどの新聞を徹底的にチェックした。

やがて、二人が眼を付けたのは、道東を視察中に行方不明になった若い役人に関するものだった。

「脇田栄二、二十七歳、獣医師、道農政課職員、痩身、四月×日、別海町にてパイロットファーム見学後に行方不明。情報乞う。連絡先は……家族は札幌だね」

「お堅い公務員か。でも何だか、ピラミッド探しとイメージが合わないわねえ」

「別海町のパイロットファームって、今でもあるのかな?」

「まさか、今から行くなんて言わないでよ！　行くなら一人で汽車で行ってよ」

「わかってるよ。いきなり農場を訪ねたって昔のことを思い出してくれないだろうし。それより札幌の脇田栄二の実家に行って当時のことを聞いてみないか？　本人の写真だってあるかもよ」

「いきなり訪ねて行くつもり？　意外と本人が出てきたりして」

「じゃあ、行く前に電話してみよう」


図書館から出ると慎司は札幌の脇田家の住所を元に電話番号を調べてみた。その結果、今でも脇田家は同じ場所にあって家族が暮らしていることがわかった。慎司は怪しまれないように言葉を選びながら、脇田栄二さんの家族に話を伺いたいと言った。電話に出た老婦人は怪訝そうな声だったが、「行方不明になった兄のことならいつでも話しますので、いらしてください」ということだった。

「妹さんって人が出たよ。やっぱり脇田栄二は、あの時以来家に戻ってないみたいだ」

「だからって船長さんが言ってた人とは限らないけどね。それより、どういう理由をつけて話を聞くの？」

「道東の話をすれば何とかなるだろう。四月突風の調査とか……」

「そんな昔のこと言ったら唐突すぎるんじゃない。なぜ知床岬に行ったのかと聞かれたらどう答えるの？　ピラミッド探しとは言えないでしょ？」

「それもそうだな」

「私が運転している間にうまい理由を考えといてよ」

「ひょっとして、今から行く気かい？」

「そういうこと」

梨華は車を勢いよくスタートさせた。

慎司が立てた作戦は、道東地方の農地開拓の歴史を研究していることにする、というものだった。そこで慎司は釧路の書店で北海道の農業の歴史に関する本を買い、揺れる車の助手席で読み始めた。

「しっかり勉強してよ。これにかかってるんだから」

梨華は冷ややかに言った。


先住民の小規模な農耕採取生活を除くと、北海道の本格的な農地開拓事業は、明治時代以降に始まると考えられる。しかし、本州の農業とは比較にならないほど自然条件が厳しく、豊作と凶作の落差が激しい北海道農業には、国による独自の対策が必要と考えられた。その最有力候補として採用されたのが、根釧原野で始まったパイロットファームである。一九五六年に、機械による大規模な開墾が始まり、原野を農地に切り拓いた。本州からの入植は翌五七年から始まっている。

　しかし、パイロットファームは国策事業だったが、誰もが入植できたわけではない。成人男子一人を一、配偶者等の女性を〇・五として計算し、一軒当たり二・五以上の労働力が必要とされた。また、入植の際、初期投資として各々の経済状態に応じた自己資金が必要だった。入植後、数年を経ての追跡調査から、この自己資金の多少が、その後の農場の成功に大きな鍵を持っていたことがわかっている。

　もちろん農場経営には運不運もつきものだった。それらは気象条件による面だけでなく、例えば酪農農家なら初期に生まれたウシがオスかメスかの差も大きかった。メスは次の世代の子孫を残すしミルクも出すが、オスには両方望めない。

　このような危険性を少しでも軽減するために数件の農家で行う共同経営形態のパイロットファームも生まれた。この手法により同じ地域での作物の競合などが避けられるし、農作業の効率化が図れる。ただし、この共同経営を取り入れたところとそうでないところに貧富の格差が生じたため、農場間の軋轢も生まれた。

「こんなところでどうかな？」

「うーん、ごまかしきれるか微妙ね」

「もう勘弁してくれよ」

「それより急がないと脇田栄二の妹さんに会えないわ。年寄りは夜早いからね」

梨華の車が札幌郊外の脇田家に着いたのは、午後八時頃だった。表札には小さく「脇田優子」とあった。二人がドアのチャイムを鳴らすと、六十過ぎと思われる婦人が出てきた。

「夜分お邪魔します。実は先ほどお電話した……」

「お待ちしていました。さあ、どうぞどうぞ」

脇田栄二の妹という婦人は、思いがけないほど愛想よく迎え入れてくれた。家の中は静まりかえっていた。

〈こんな広い家に一人で暮らしているのだろうか？〉慎司は不思議に思った。だとしたら表札で見た脇田優子というのがこの人の名前だろう。脇田優子はお茶と和菓子を出してくれた。どうも一人暮らしの彼女には、慎司たちのような唐突な客の訪問も嬉しいらしかった。

「実は我々がお伺いしたのは……」

「兄の栄二についてでしょう？」

脇田優子は懐かしそうに言った。

「兄は真面目な人でした。あんなことにならなければ、公務員として人生を全うしたはずです」

「確か、別海町で行方不明になったとか？」

「はい、出張先で農場を見学後に。それ以来全く足取りはつかめません」

「ご家族は大変だったでしょう？」

「はい、兄は両親の自慢の息子でした。元々H大の獣医学部で繁殖学を専攻していたのです。本当は大学に残って基礎研究の方面に進みたかったらしいのですが、獣医学部を卒業する前に父が亡くなり迷った末、獣医師の枠で北海道の公務員になったのです」

「そのあとは、普通にお勤めだったんですね？」

「はい、いつか研究に戻りたいという希望はあったようですが、道の農政課職員として開拓地の視察や指導・各種調整などに当たっていたようです」

「別海町で行方不明になった時ですが、出張に出かける前の様子はどうでしたか？」

「失踪後に捜索願いを出した時、警察に何度も聞かれたのですが、全くいつもと変わりませんでした」

「ところで……ピラミッドという言葉に聞き覚えはありませんか？」

「ピラミッド？　知ってますよ。エジプトにあるやつでしょう？」

「それ以外で、例えば、お兄さんの栄二さんがピラミッドを探しに行くとかいう話をしたことはありませんか？」

「全く記憶にありませんが……兄の失踪と何の関係が？」

脇田優子は何となく不審そうな目で慎司たちを見た。梨華が助け船を出してくれた。

「実は私たちは、道東地方の農地開拓の歴史調査をしているのです。栄二さんが行っていたパイロットファームの調査報告の結果を見て興味深く感じました。それに当時の様子が少しでも聞ければと思ってお訪ねしたのです」

「何だ、そうでしたの？　えーっと、ちょっと待ってくださいね」

脇田優子は引っ込むと、手紙を数通持って戻ってきた。

「兄が失踪したのは一九五九年四月×日のことで、別海町の早川さんという方のパイロットファームを見学した直後です。早川さんは兄のことで責任を感じられたのか、あれから時々手紙をくださるようになりました。当時のご主人は、十年ほど前に亡くなりましたが、息子さんがあとを継がれ、立派に農場をやっておられます。こちらが連絡先です」

慎司は現在の早川ファームの住所を書き留めた。

「そしてこれが、その時撮った写真です」

脇田優子が渡したのは、色あせたモノクロの集合写真だった。雪の残る牧草地に畜舎と住居が点在している。その手前に十数人の男女が写っていた。

「前列の真ん中のお二人が早川夫妻、その左右にいるのがそのお子さんたちです。後列が道の派遣した視察団で、確か七、八人いたはずです。と言っても、正規の職員は兄を入れて三人、残りはアルバイトで雇われたH大の学生だったそうです」

慎司はつばを飲み込んだ。

「栄二さんはどの人ですか？」

「後列のスーツを着た三人が正規の職員ですが、その中で向かって右側が兄です」

慎司と梨華はその男を見つめた。浅黒い顔の痩せた男だった。少し思い詰めたような目でカメラを凝視している。船長さんの話と一部は符合するが、今この小さな写真を見せても思い出してはくれないだろう。

「栄二さんはこれ以前にも道東に行ったことがありましたか?」

「それはあったと思いますよ。出張は初めてではなかったし」

「もう少し大きく栄二さんが写っている写真はありませんか?」

「大学に入った頃のものならありますが、かなり面影が変わっていて……」

「わかりました。では、この写真を貸していただけませんか?」

「どうぞ、お返しいただくのはいつでも構いません」

二人はもう遅いので脇田家から失礼することにした。

帰り際、脇田優子は、

「私にはほかに兄弟がいなかったので、兄がいなくなってからは大変でした。幸い婿養子になってくれる人と結婚できて、二人の息子たちも就職して今は家を出ています」

と言った。

慎司と梨華は丁寧に礼を言って、脇田家をあとにした。

車の中で二人はしばらく無言だった。やがて梨華が口を開いた。

「写真で見る限り、栄二さんって人は、一攫千金を狙ってギャンブルに出るような人ではないわ。あなたの先輩の幸三さんとは違う」

「そんなことわかるの?」

「わかるわよ。お店でいろんな人見てきたもん」

「なるほどね……」

「ねえ」

「何だい?」

「私の家に来ない?」

梨華の唐突な申し出に慎司は動揺した。

「別に、いいけど」

「今後のことも話さなければならないし、それに案外、楽しかったりして」

「そっ、そうかな……」

「まっ、しばらく休んでなさいって」

そう言うと梨華は助手席のシートを倒した。

〈楽しいこと?　自分は何を期待してるんだ?〉車がスタートすると慎司は急に今日の疲れが出てきたような気がした。そして今回の旅で初めて、車の振動を心地よく感じた。

「悪いね。少し眠らせてくれよ」

慎司は目を閉じると眠りに落ちていった。


車が止まってしばらくすると助手席のサイドガラスを叩く梨華の声がした。

「着いたわよ」

慎司は跳ね起きると時計を見た。脇田家を出てから一時間以上経っている。

〈随分走ったもんだな〉慎司は辺りを見て妙に感じた。梨華のアパートがある札幌の市街地にしては、あまりに真っ暗だったからである。

「まさか停電ってことはないよな？」

「停電？」

「いやあんまり暗いんで」

「仕方ないでしょ。田舎の夜は早いのよ」

「田舎？」

「あっ、来た来た」

梨華は急に声をあげた。向こうから見慣れない人間が二、三人、こちらの様子を窺いながら近付いてきた。慎司は慌てて車を降りた。足下の道路は舗装されていなかった。

「紹介しとかなきゃね」

梨華は言った。

「藍田園へようこそ」

そして慎司の耳元で小声で付け加えた。

「今の私の仕事は黙っといてよ」

〈なぜこんなことになったんだろう?〉あとで慎司は梨華を恨んだ。

しかし、梨華は平気な顔で家族を紹介していった。長身で彫りの深い顔をした物静かな父親は、農夫というより田舎の学校の先生のような雰囲気であった。そして、慎司が観察するより前に、こちらが観察されているような気にさせられた。

〈こんな気分になったのは……〉慎司は、檸檬倶楽部に梨華を訪ねた時のことを思い出した。

梨華は、母親より父親の血を多く受け継いだのだろうか。

これに対し母親はどこにでもいそうなおかみさんといった風情でよく笑う女だった。地元の信用金庫に勤めているという梨華の妹は、どちらかというと母親似で、平凡な顔立ちだった。梨華と違って日焼けをして血色がよく、身長も一六〇センチ足らず。事情を知らずに紹介されたら、梨華と姉妹だとは思えないだろう。

「霧野さんは道東の歴史を研究をしているので、今、私が手伝ってあげてるってわけよ」

梨華の声で慎司は我に返った。

「あの、梨華さんにはお世話になりっぱなしで、運転までしていただいて……」

慎司は自分でもしどろもどろになっているのがわかった。似たようなシチュエーションは美保の時にもあったが、あの時はあらかじめ正装して自宅を訪ねたものだ。さっきまで車の中で眠りこけていたのとはわけが違う。

梨華の母親と妹は興味津々で慎司を見ていた。

「お姉ちゃんが男の人を連れてきたのは、初めてなんですよ」

妹は慎司の顔を覗き込むようにして言った。

「好きなだけ家にいていいんですよ」

今度は母親だった。この親娘は自分をどう思っているのか、大体想像がついた。やがて父親が口を開いた。

「霧野さんはお疲れのようだ。今日はもう休んでもらいなさい。梨華は部屋に案内してさしあげなさい」

「はーい」

慎司はやっとここから解放されると思い、ほっとした。

梨華に案内された部屋で二人になると、慎司は真っ先に尋ねた。

「どういうことだい？」

「どういうことって？」

「いきなり君の家に連れてくるなんて……」

「私の家に来ない？って聞いたでしょ」

「札幌の家だと思ったんだよ！」

「そういう時は、私の部屋に来ない？って言うのよ」

「とにかくこんな話聞いてないよ。僕のこと何て話したんだい？」

「何にも。男の人を連れて行くと言っただけよ」

「お母さんとか、完全に勘違いしてるじゃないか！」

「何よ！　私のことうらやましいとか言ってたくせに」

確かに、慎司は羅臼の港でそんなことを言ったような記憶がある。

〈だからって君の家に来たいわけないだろ！〉そう言いかけて慎司は口をつぐんだ。

「とにかく……今夜はお世話になるよ」

〈明日は早いとこ退散しよう〉一人になると慎司は心に決めた。


翌朝、強い日射しで慎司は目が覚めた。時計を見ると八時前だった。

昨夜はよくわからなかったが、藍田家は地方の農家だけあって広いものだ。

慎司が着替えて所在なげに歩き回っていると、「こっちよ」と梨華が廊下の向こうで手招きしていた。

昨日までとは打って変わって、上下ともスウェット姿で化粧も薄いので、別人のように見えた。梨華に通されたのは、二十畳ほどの広い畳の部屋で、座卓の上に二人分の朝食が用意されていた。

「みんなは？」

「とっくに出てったわ。田舎は夜も朝も早いの」

「君はいいのかい？」

「仕方ないでしょ。あなたの相手をするように言われたんだから」

「そりゃどうも」

それから二人は無言で朝食をとった。やがて梨華が口を開いた。

「これからどうするの？」

「ああ、このご飯をいただいたら、早々に失礼するよ」

「そうじゃなくて調査の方よ。脇田栄二は、船長さんの言ってたピラミッド男なのかしら」

「ああ、そっちか。君は、脇田栄二が気まぐれで適当なことをするような人間じゃないと言ってたね」

「そう、写真を見た印象ではね。それに妹の優子さんの話でも、学者肌で生真面目そうな人だった」

「別海町のパイロットファームに出張に出かける前の様子も、普段通りだったと言ってたな」

「パイロットファームで何かあったのかしら？」

二人は黙った。

「早川ファームの主人に手紙で聞いてみるか?」

「でも当時は、まだ子供だったわけでしょう?　そんな昔のこと憶えてるかな?」

「普通ならともかく、失踪後は妹さんと行き来があったみたいだし。それに、脇田栄二の写真を送ったら、何か思い出すかもよ」

「それでわからなくても元々だしね」

研究者志望の若い獣医は、本人の希望とは裏腹に公務員になって何を考えたのだろうか?　そして出張先のパイロットファームで何を見たのだろうか?

〈でも、脇田栄二が知床のピラミッド男と別人だったら……〉

慎司は今はそのことを考えないようにした。


「あなたを果樹園に案内するように言われてるの。父が待ってるわ」

食事が終わると梨華は言った。

梨華の家から歩いて小高い丘へ登ると、東に余市岳、南には慎司にとっては懐かしの羊蹄山が見渡せた。周辺一帯の果樹園が藍田園の一部のようだった。梨華の父親はぶどう畑の中にいた。ぶどうは、よくぶどう狩りツアーの写真で見られるような棚で育つものではなく、背の低い品種だった。二人の顔を見るなり、父親は梨華に言った。

「梨華は車の用意をして、帰りは霧野さんを駅まで送ってあげなさい」

「ふぉーい」

梨華は気の抜けたような声で返事をすると家の方に戻っていった。どうも実家に戻ると気が緩むものらしかった。父親はそれを見送ると慎司に向き直った。

「少し歩きましょうか」

二人は並んで歩きながら農園全体が見渡せる場所に出た。

「娘はお役に立っているのでしょうか？」

父親は穏やかな顔で尋ねた。

「役に立つも何もお世話になりっぱなしで……これは決してお世辞ではなく」

「ところで、霧野さんのご専門は？」

「最近までは遺伝子工学の方を……」

「なるほど、それならうちとも無縁じゃありませんね」

「と、いうと？」

「果物というのは昔から最も品種改良の成果が挙がった分野なんですよ。こんな寒冷な土地でも多くの収穫が望めるようにね」

慎司は辺りを見回し、尋ねた。

「ぶどう畑が多いようですね。」

「以前はリンゴや梨など、もっと手広くやっていたんですけどね。最近は徐々にぶどうの面積を増やしています。以前はそのまま出荷するか、ぶどう狩りの観光客が中心でしたが、今はワイン用に高く買ってくれるところがあります。この辺りの名前を冠したワインもブランドとして定着しつつありますし、品種もワインに向いたものに変えつつあります」

「それにしても随分広い農園ですねえ」

慎司は本心から感嘆して言った。

「ここら辺一帯は、私が一代で拓いたわけではないのです。事情があって手放さなければならなくなった前の持ち主から私が農園を受け継いだのです。一九六五年、梨華が生まれる五年ほど前でした」

「随分お若いうちに、農園主になったわけですね」

「おかげではじめは大変でした。銀行も若造にはなかなか貸してくれなくてね。今はそれなりの信用を得ていますが」

ここで初めて父親は笑った。

「娘はあなたを信頼しているようだ」

「あのー、私は梨華さんとは何も」

「わかっていますよ」

「では、どういうことですか?」

「信頼というのは、時に愛情より得るのが困難なものです」

父親は遠いところを見るような目をして言った。

「あなたはまだお若いが、そのうちおわかりになるかも知れませんよ……おっと、あの子が戻ってきたようだ」

いつの間にか車の中で梨華が手を振っていた。

「では、ここでお別れしましょう」

「はい、お世話になりました」

「梨華をこれからもよろしくお願いします」

「はあ」

慎司は父親と別れると、梨華の待つ車に乗り込んだ。

「お父さんと何を話してたの?」

「農園のことなどをね……あと、君をよろしくと言われた」

「何だそりゃ。ちゃんと給料を払ってくれってことかな」

「そうかもな……」

地方の港町だけあって信号が少なく、車はすぐに駅前の広場に出た。別れ際に梨華は言った。

「早川ファームから返事が来たら教えてよ」

「ああ、そうするよ」

二人は初めて同志のような握手をして別れた。


慎司が札幌のアパートに戻ると、ポストに、ぶ厚い定型封筒があった。中身は藤川五郎の送ってきた論文の原稿で、切手が貼っていないところを見ると、どうやら慎司に連絡が取れないため、直接持ってきてポストに入れたらしい。慎司は慌てて藤川に電話をした。

「藤川か？　すまん、しばらく家を空けてたんだ。原稿なるべく早く見るからな」

「あれ、霧野さん戻ってたんですか？　いいですねえ、こっちの騒ぎも知らないで」

普段はいたって素直な藤川だが、この時は少し意地悪そうな言い方をした。

「何だい、騒ぎって？」

「吉岡君が……」

「吉岡？　ああ、無人島で海鳥の研究してた奴だよな？　彼がどうかしたの？」

「行方不明になってしまったんです」

「行方不明？」

「先週末、神戸で学会だったのは知ってますよね？」

「ああ、村上先生がやたら忙しそうにしていたっていうやつだろ？」

「そうです。吉岡君もその学会に行ったんですが、戻ってこないんです。研究室にも連絡はないし、札幌の自宅にも現れません」

「学会のついでに、どこかへ遊びに行ったんじゃないの」

「彼は来週別の学会を控えているんで、それどころじゃないんですよ。おまけに彼はどこかに就職決まりかけてたらしいから、この時期に騒ぎを起こすとは思えません」

「村上先生は何て言ってる？」

「今週中に連絡が取れなければ、学会の発表は取り消すと」

「警察に捜索願いとかは？」

「あと数日待って親御さんが出すそうです」

「藤川よ」

「何です？」

慎司は声をひそめた。

「この前、××大学の高木先生もいなくなったって言ってたよな」

「ええ、あっちもまだそのままです」

藤川も声をひそめた。

「おかしいと思わないか？　こんなに人がいなくなるなんて？」

「ええ、まあ二人ですけど」

「実は俺の知ってる人が、もう一人消えてる」

「何ですって？」

「彼を捜すためにしばらく家を空けてたんだ」

「その人も大学の関係者ですか？」

「少し違うんだが、共通点もある。実はその人は知床にピラミッドを探しに行ったらしい」

「ピラミッド……ですか？　でも、それって考古学の分野じゃないですか？」

藤川が電話の向こうで、どう思っているのか大体想像がついた。

「確かに変な話だが、何かほかの意味があるのかも知れない。吉岡君は何か言ってなかったかな？」

「彼は知床になんか行ったことないと思いますよ。何とかいう無人島には鳥の数を数えによく行ってましたが」

「大黒島だろ？　俺も行ったよ」

「確かそうでした。うーん、でもその人とこっちの行方不明とは、関係ないんじゃないでしょうか？」

「やっぱりそうかな」

電話を切ろうとして慎司はふと思った。藤川なら自由に大学図書館に出入りできる。

「ちょっと頼んでいいか？」

「何でしょう？」

「一九五〇年代後半に道東地方、特に別海辺りで何か事件はなかったか調べてくれないか？　獣医か獣医学の基礎研究をしている人間が注目しそうなやつだ」

「随分昔の話ですねえ。獣医が注目しそうな事件って動物関係でしょうか？　確か別海って酪農が盛んなとこだから、ヒグマが乳牛を襲ったとか」

「そういうわかりやすいのだといいんだが。とにかく気になるものがあったら、教えてくれよ」

「はあ、あんまり期待しないでくださいよ。それと僕の原稿の方もよろしくお願いします。では」

藤川は最後はそそくさと電話を切った。


慎司は気を取り直すと早川ファーム宛てに手紙を書いた。

自分は道東の農地開拓史を研究している者で、過去に行なわれたパイロットファームの調査報告書に興味を持っている。脇田優子さんの紹介で、別海の早川さんを紹介してもらったので、一九五九年四月の北海道農政課による視察時のことについて伺いたい、と書いた。手紙には脇田優子にもらった写真をきれいに拡大コピーしたものを添え、脇田栄二の顔写真をサインペンで囲み、「この方について何かご記憶はありませんか？」と書いた。慎司は、この際ついでだと思い、獣医の堀川幸三氏は古くからの友人だが、最近どうしているかご存知ですか、と書き足した。

慎司は手紙を出すと少し気が楽になったので、しばらくゆっくりすることにした。

数日後、アパートに戻ると藤川五郎から留守電が入っていた。

「霧野さん、藤川ですけど。この前言われた一九五〇年代後半に道東で、獣医が目を引くような事件ですが……結論から言うと大したやつはなかったです。図書館で当時の新聞を片っ端から見たんですが、とにかく量が多くて。古い学会誌とかも当たってみましたが、やっぱりはずれでした。獣医学部の古株の教授に聞いてみたら、当時の学会は棲み分け理論が席巻していて、ローカルな話題では学会誌になかなか載せてもらえなかったそうです。まして、道東という狭いエリアでの出来事に世間が注目したということは考えにくい、ということでした。以上です。それでは」


〈棲み分け理論だって？〉

慎司はつぶやいた。名前だけは誰でも聞いたことはあるが、きちんと説明しろと言われると難しい学術用語がある。物理学の世界での「不確定性」、化学での「ルイス酸・塩基」などである。「棲み分け＝habitat segregation」もその単語の類かもしれない。慎司も、「棲み分け」が京大の今西錦司により提唱され一般化されたこと、本来生物学の用語として使われるべき単語なのに思想・哲学のニュアンスとともに語られることが多い、といった認識しかなかった。

〈今は早川ファームからの返事待ちだし、新しい知識でも仕入れてみるか〉

とはいえ、手元に参考になりそうな文献がなかったので、慎司は久しぶりに港北堂を訪ねてみることにした。

昆虫学者としてキャリアを開始し、のちに登山家、探検家、人類学者、生態学者にしてサル学の生みの親、そして今西進化論の啓蒙者と、様々な顔を持つ知の巨人、今西錦司の著作は多岐にわたっている。あまりに広範囲なので、まとめて「今西学」と呼ぶ人までいるほどだ。古本屋でも今西コーナーを設けていることが多く、港北堂にも『今西錦司全集』を含め、多くの書籍が置いてある。「棲み分け理論」は四万円もする全集の中の一冊、『生物社会の論理』に展開されているのだが、全集の分売はしていないようだった。仕方がないので慎司は本棚中をチェックして復刻版の『生物社会の論理』の単行本を見つけて購入した。

慎司はレジで新しいアルバイトらしい娘に聞いてみた。

「ご主人は?」

「奥で休んでいますが、呼びましょうか?」

「ああ、結構ですよ。また来ますから」

〈ここの親父さんもいい年だし、そういえばこの前店で会ったあった時も、体を重そうにしていたな〉チャシの情報は空振りだったが、知床の船長さんから情報を聞き出せたのは、港北堂の主人のおかげでもある。

〈また今度、報告がてら礼を言いに来よう〉慎司は店をあとにした。

数日して慎司が元の生活に戻りかけた頃、早川ファームの現在の主人である早川尚道氏から返事を受け取った。慎司はワープロで打たれた丁寧な文章を読み始めた。

霧野慎司様
お手紙拝見しました。手前どもと長いお付き合いをさせていただいている脇田優子様からのご紹介とのこと。当時のことをなるべく思い出しお答えしますが、何分、先代の父が亡くなって久しいため、記憶に曖昧なところがあることをご了承ください。
私どもの早川ファームは、一九五七年に、私の父がパイロットファームに入植したことに端を発します。父は新潟の農家の三男坊だったのですが、私の母と長男の私を含め三人の子供、それに当時まだ独身だった四男の弟を連れて入植いたしました。北海道に渡る際に親戚が餞別を多く持たせてくれたため、その後の事業が順調にいったのだと後年までよく語っておりました。おかげで入植後、二、三年で農場経営が軌道に乗り、模範的なパイロットファームと言われるようになりました。全国からの見学や視察も頻繁にあり、中には皇室の方のご訪問もあったことを示す当時の写真が残っております。

さて、お尋ねの一九五九年の道農政部による視察の件ですが、当時私はまだ十歳でその内容についてては全く記憶にありません。両親も叔父も既に亡くなっておりますが、当時父のつけていた日記を読み返すと、農場視察はかなり形式的なものだったようで、夜だけは大いに盛り上がったとあります。

あの頃は仕事が終わると、大人たちはストーブを囲み、毎晩安い酒を酌み交わしたものです。今なら役人を酒席で接待すると面倒なことになりますが、当時は大らかな時代でした。それにまだ町に民間の宿泊施設がなく、役人とはいえ農場に泊まるしかなかったので、自然にそうなったようでした。まだほんの子供だった私も、当時の楽しげな様子をかすかに憶えています。

さて、当日の父の日記には、「その日の酒席は怪談話で大いに盛り上がった」とありました。いい年をした大人が怪談などというとたわいもないようですが、テレビもまだそんなに普及していない時代のことです。パイロットファームには様々な人が出張や視察で来られるので、それぞれの地方の妖怪だの何だのとおもしろい話が聞けるのです。父の日記によれば、特にその晩は「空飛ぶ妖怪」の話で盛り上がったそうです。

これは道東の斜里岳の麓の開拓村で戦前にあった実話なのですが、子供の頃、私も何度か聞かされてはっきりと憶えています。村中のイヌやネコが夜間に一匹ずつ消えていき、最後には村から残らずいなくなったという話です。当時はヒグマ対策にイヌを必ず放し飼いにしていたそうですが、夜間に鳴き声も出さずに次々と集落から姿を消すので、「足跡を残さないヒグマ」

か「空飛ぶ妖怪」の存在に村人は震え上がったそうです。

さて、この化け物じみたものの正体は、あっけなくわかりました。

ある日、村人が村はずれの大木の下でさらわれたイヌやネコの骨の残骸や毛玉を見つけました。その樹に住みついていたのは大きなシマフクロウの夫婦でした。最近は滅び行く北海道の原生林の象徴のように取り上げられることの多いシマフクロウですが、彼らは春から秋にかけて夫婦で仲よく子育てをするのです。遠くから見るとなかなか可愛らしく哲学的な風貌もあって人気も高いのですが、実は翼を広げると二メートル以上にもなる日本最大の猛禽の一種です。彼らの主食は川魚、すばしっこい野ネズミや野ウサギ、時にはキツネをも襲うほどですから、ヒトに飼われているイヌやネコなど捕らえて喰うなどわけはなかったでしょう。もっとも、シマフクロウにしてみれば、彼らが生態系の頂点にいる原生林に人間があとから入り込んできたため、防衛本能を発揮したに過ぎないのでしょうが。

とにかく、「空飛ぶ妖怪」の正体が判明して村人たちは一様にホッとしたそうですが、このままでは村の子供まで襲われるかも知れないということで、仕方なく退治したそうです。あるいは、イヌやネコの肉で育ったシマフクロウのヒナが成長してからまた襲うということを心配したのかも知れません。

長くなりましたが、霧野様がお尋ねの道農政部視察団訪問時の様子は以上ですべてです。こんなものでお役に立つでしょうか。

お送りいただいた写真の脇田栄二様については、私の記憶にありませんし、父の日記にも記述がございません。むしろ一緒に来たバイトの学生の飲みっぷりが凄かったとあります。当時の学生気質が伺えますね。

さて、パイロットファーム時代に開墾した土地はその後、個人の農場に払い下げられました。私の父は十年ほど前に没しましたが、生前に新潟から、ほかの兄弟も呼んで農場を分割し生産を調整して共同経営のような形にいたしました。このおかげで当農場は、その後の様々な辛苦も乗り越えられ今に至っております。

なお、私は体がいうことをきくうちに妻と全国を旅行して回りたいと思っており、自分の農場の一部を手放すことにいたしました。幸い、取引の銀行さんの紹介でよい値で買ってくれる方が見つかり、ホッとしているところです。

追伸

獣医の堀川さんという方とは全く面識がございません。お役に立てず申し訳ありません。

慎司は手紙を読み終えて一息ついた。新潟の貧農から身を起こし、北海道で大農場を経営することになった早川一族の物語は感動的だったが、慎司が聞きたかったことについてはほとんど触れられていない。しかし、当時子供だった早川氏が父親の日記まで読み返して返事をくれたのだから感謝すべきだろう。それにしても「空飛ぶ妖怪」の話は傑作だった。今度、梨華に会ったら話してやろう。

慎司はせっかく買ってきた本がもったいないので、『生物社会の論理』を手に取った。

膨大な著作を誇る今西錦司だが、生涯を通しても重要な著作として初期の「生物の世界」が挙げられる。今西がカゲロウの幼虫の研究で、京都大学から理学博士を授与された翌年の一九四一年に出版された。ここではダーウィニズムの基本である生存競争による自然淘汰への本質的な疑問が呈された。今西自身がのちに述べているが、日本の社会には無意識的、あるいは深層心理的に他者を殲滅することへのためらいがあるという。これがキリスト教と仏教の違いとまでは断言できないが、西洋と東洋の違いには行き着くのではないか、と著者は言う。闘争だけで進化を説明しようとしてきた西洋の学者たちにとって、今西の提唱する「共存共栄」という概念は随分新鮮に映ったようだ。今西理論が「東洋的」として西洋の学者にも敬意を払われたのには、そのような理由がある。

今西は学生時代にカゲロウの水棲幼虫の分類学を行い、「種社会」すなわち「同じ種の個体が働き合いを通して成り立たせる生活組織の存在」に気付いたという。これがのちに展開される「棲み分け理論」の序曲になっているのは間違いない。今西より以前にも、例えば、カリフォルニアのツグミの生息域調査からライフゾーン分布に関する研究が行われたことがある。しかし、その結果は生息環境嗜好、あるいは生態学的地位といった言葉で説明され、「棲み分け」

という発想には結びつかなかったようだ。

「生物の世界」で取り上げた棲み分けを体系的に展開した今西にとっての最重要著作の一つが、『生物社会の論理』である。日本モンキーセンターのゴリラ調査隊隊長としてコンゴに渡った一九五八年に出版されている。翌年には、京大人文学研究所教授に就任しているから、研究者としては正に脂ののりきった時代である。

「棲み分け」を一言で言うと、「それぞれの種は違った生活の場の上に生活している」ということになる。生活の場が異なれば、生活様式も異なる。その生活様式、言い換えれば生活形を与えるのが、その生物自身の形態である場合がある。今西は自身の学生時代の研究材料であるカゲロウの幼虫の分類を例に挙げ、説明している。

カゲロウの成虫は極めて寿命が短く、種間の生活様式、外見上の形態に大差はない。これに対し、その幼虫は川・池などの陸水中において様々な生活形を持つ。例えば、泥や砂が堆積した柔らかい川底においては、敵から身を守るため素早く泥に潜れるような形態を獲得した種と、敵に遭遇すれば川底を移動して身を避ける種とに分けられる。今西は前者を埋没的生活形、後者を潜伏歩行的生活形と呼んだ。形態的な特徴として埋没形は砂に潜りやすいように体型がスリムで足が逞しいのに対し、歩行形ではずんぐりした体型だ。また第三の種として水中を移動するのに長けた自由遊泳的生活形と呼ばれるものもいる。この種は紡錘形を縦に切った形態をしており、今西はリムペット型と呼んだが、おそらくは水中での抵抗を緩和するための進化が流体力学的な体型をもたらしたのだろう。以上の三種は生活形を異にしながら共存共栄し、「棲み分け」を行っていると言える。

　ここまでは慎司にも理解はできた。それにしてもカゲロウの幼虫は、川の流れや川底の地盤だけが原因で棲み分けているのだろうか？　彼らのエサとなるコケか何かが川底や流れの中にそれぞれ局在していれば、その環境に適応して体は進化していくだろう。そうなると生活形の分類もエサの嗜好による分類になってしまうが、この場合どう扱うのだろうか？　慎司の付け焼き刃の知識では理解不能だった。

〈カゲロウの幼虫クラスなら生活形が単純でいいのだが、哺乳動物ではどうだろうか？〉

　慎司が感じた疑問はこれだったが、『生物社会の論理』の後半ではテキサスのウサギや中国のシカの棲み分けを挙げている。

　しかし、シカほどの大動物になると行動も複雑になり、自然環境下での他の動物との関わりも無視できないだろう。例えば、いくら自分好みの草や木が生えている森林でほかのシカと競合しなくても、捕食者のクマが多く生息していたら、「棲み分け」を放棄して逃げ出すかも知れない。

　自然界での食物連鎖という宿命からは、カゲロウの幼虫からシカまで例外なく逃れられないのだ。喰うものの数は喰われるものの数を決して越えられないし、反対に喰われるものの数も喰うものの数によって決定される。自然界の人口バランスは、こうしたコントロールの上に成り立っているのだ。

〈これは言ってみれば……〉慎司は言葉を飲み込んだ。

梨華はここ一週間ほど暇を持て余していた。檸檬倶楽部に戻る気はなかったし、そうなると札幌に帰る理由もなかった。両親は、早くアパートを引き払って戻ってこい、と言うのかと思ったが、こちらの様子を伺っているようで案外静かにしている。それにしても、田舎で時間のつぶし方を考えるのはつらいものだ。娯楽施設はないし、昔の友達に会おうにも多くが結婚していて誘いづらい。仕方なく、父の仕事を手伝うか、ゴルフクラブを借りて車でわざと遠くの打ちっ放しに出かけるかしていた。

〈こんなところに十八年も住んでたなんて、信じられないわ〉

梨華は独り言を言って、今日もゴルフバッグを後ろの座席から降ろした。

〈あれ、何だろう?〉

梨華の目に後部座席に置いてある本が目に留まった。古本屋のカバーがかけられたその本を手に取ってページを開くと、すぐに思い出した。それは慎司に連れられて行って幸三の部屋で見つけたエリシア・ブラックウェルの『Hurt Cosmos』だった。

〈車にずっと置きっぱなしにしてたんだ〉

梨華はなつかしそうに本を眺めた。思えば、この本から幸三を捜す旅が始まったようなものだ。しかし慎司と別れてから一週間経ったが、まだ何の連絡もよこさない。

〈自分は忘れられたのだろうか?〉梨華は少し寂しかったが、早川ファームからまだ返事が来ないのだろうと思い直した。

〈ん……?〉

本をしばらく眺めていた梨華は、徐々にあるものが目に入ってきたのに呆然とした。

〈これって、ひょっとして……こんな近くにあったなんて!〉

梨華は携帯を取り出した。慎司の番号を呼び出している間、これほど時間が長く感じられたことはなかった。


慎司が『生物社会の論理』を手に取って数時間が経過した。今、慎司の頭の中には「双頭のピラミッド」と呼べるものが徐々に形を取りつつあった。

〈重要なのはこれが知床に当てはまるかどうかだ。幸三と夏の知床を縦走した時、どんな会話をしただろうか?〉慎司は懸命に断片的な記憶を辿った。

――植生が稜線の東西で異なるのは多分気象条件のせいだろう……山間部の東側斜面には、強い風が吹くためトドマツやエゾマツなどの針葉樹林が……西側ではミズナラやカエデなどの混合林が中心で――

ヒントになったものが、もう一つある。かつて脇田栄二も聞いたであろう、別海の早川ファームの「空飛ぶ妖怪」の話だ。シマフクロウは、村中のイヌやネコをさらって喰い、根絶やしにした。早川ファームの主人は、家畜は捕まえるのが容易だったとか、肉の味を覚えたとか書いていたが、本当にそうだったのだろうか？　逆らえない自然界の掟がシマフクロウにそうさせたのではないだろうか？

では、最近自分の周囲で起こっている不可解な行方不明事件はこの「ピラミッド」と何か関係があるのだろうか。藤川の言葉を思い出してみた。

——高木先生は最近遺伝子解析を用いた系統仮説で頭角を現してきた人で……吉岡君は何とかいう無人島には、鳥の数を数えに行ってましたが——

彼らに共通するものは何だろう？　それがわかれば……慎司は必死に考えた。しかし一方で、幸三はもうアカデミックな研究とは無縁の人間だ。「ピラミッド」と幸三を唯一結びつけそうなのは、北見の焼き肉屋で目撃された六十ぐらいの男だが、その男の正体は相変わらず不明である。しかし、「知床のピラミッド」の正体を知っているのは、おそらく今まではその男と四十年前に「船長さん」の海峰丸で岬に上陸した男の二人だけだったのだ。

〈いや、今自分が考えていることが正しければ……三人目か〉そして、まだ謎が残っている。黒井幸子の正体と幸三との関係である。

その時、電話が鳴った。受話器を取ると梨華の大きな声が飛び込んできた。

「わかったわ！　わかったのよ、幸三さんがどこでピラミッドのことを知ったのか」

「何だって？」

慎司は梨華の唐突な言葉に度肝を抜かれた。

「どういうことだい？」

「幸三さんの部屋で見つけた『Hurt Cosmos』よ。さっき私の車の中に放ってあったのを偶然目にしたんだけど」

「あの本がどうしたっていうの？」

「あの本自体じゃなくてカバーよ。港北堂っていう古本屋のカバーにあるの！　今すぐ見てみてよ」

「ちょっと待ってくれよ」

慎司はたった今まで手にしていた『生物社会の論理』を含め、港北堂で買った書籍は何冊もある。しかし、店でつけてくれるカバーのデザインを気にしたことなどなかった。慌ててカバーを広げて眺めてみた。紙自体はよくある薄い黄色の再生紙で青インキ一色で印刷されている。店オリジナルとはいえ、おそらくコストは大してかかっていないはずだ。そして問題のデザインだが、ベースになっているのは知床を中心とした道東地方の古い地図のように見える。地図にはカタカナで主な山や地名が記入されている。山には通常通り▲のマークが入っているのだが、知床岳から半島先端にかけて、▲の二つ連なった▲▲という見かけない記号が入っている。

「知床の岬に何だか変なマークがあるな」

「それ、双頭のピラミッドに見えるでしょう?」

「確かに言われてみれば……でもよく気付いたな」

「今、そっちに向かう車の中から電話しているの。とにかく行ってみましょう、港北堂って店にね」

梨華はそれだけ言って携帯電話を切った。

〈幸三が港北堂のブックカバーで、ピラミッドを知ったとしたなら、北見で一緒にいた男は無関係だったのだろうか?〉慎司は少し割り切れなかったが、とにかくアパートで梨華を待った。

梨華は三十分ほどで慎司を迎えに到着した。一週間ほど見なかっただけだが、梨華の顔は少し穏やかになったように見えた。

「何じろじろ見てるの?」

梨華は助手席に乗り込んだ慎司にぶっきらぼうに尋ねた。

「見てないさ。それよりさっきの話だけど、君は本当に堀川さんは本のカバーで、ピラミッドを知ったんだと思う?」

「あの人の家には、港北堂の本がいっぱいあったし、間違いないと思うけど」

「だったら、北見の焼き肉屋で会っていた六十男は無関係か?」

「多分そうでしょう」

「うーん、堀川さんが姿を消したタイミングとぴったり合うんだけどなあ」

すぐに梨華の車は港北堂に着いた。


レジには、この前と同じアルバイトの娘がいたので慎司は尋ねた。

「今日、ご主人は?」

「奥にいますが、呼んできましょうか?」

「お願いします」

奥から出てきて慎司たちを迎えたのは、意外にも四十代半ばの見かけない男だった。

「何か私にご用ですか?」

明らかに休憩中だったようで、その声には少し迷惑そうな響きが聞き取れた。

「あのー、ご主人とお話ししたいんですが」

「私が当店の主人ですが。何かご不審で?」

「この前来た時に、もっと年輩の男性とお話ししたのですが。あの方がご主人かと」

「年輩の? ああ、あの人は定年退職後の道楽とかで店を手伝ってくれている方です。ほとんどアルバイト代もいらないとおっしゃるので」

「それは失礼しました。ところで、今日はお尋ねしたいことがあって来ました」

慎司は畳みかけるように言った。

「こちらで買った本に掛けてくれるブックカバーについてお聞きしたいんです」

「ブックカバー？　ああ、これですか？」

主人はレジ脇に積み上げてあるカバーの山から、一部を取り上げてしげしげと眺めた。その姿からは何となく関心がなさそうに見えた。

「カバーについて何がお聞きになりたいので？」

「そのカバーのデザインに書かれている知床半島ですけどね、岬の方に山が二つ連なったマークが付いてますね」

「うちの店のカバーに知床なんか出てましたっけ？」

主人は不思議そうに言った。慎司は主人の反応に少し驚いたが、

「確かに載っていると思いますよ」と言った。

「すいませんね。こういうことは業者任せにしていて」

見るに見かねたのか、梨華が初めて口を開いた。

「このカバーをデザインした方はどなたかわかりますか？　その方にお聞きしたいことがあるんです」

「デザインした人？　ああ、これはえいちゃんじゃないかな」

「えいちゃん？」

慎司と梨華は顔を見合わせた。

「さっきあなたがおっしゃった年輩の男の人ですよ。何せ本人がそう呼んでくれって言うんでね。最近、古傷が痛むとかで休んでるようですけどね」

「ひょっとして……あの人脇田さんとおっしゃるんじゃないですか？」

「何だ、お知り合いだったんですか？」

「いえ、あのー……どこかで見たことがあると思ったら昔お世話になった先生なんです。ずっと音信不通で……よろしければ連絡先を……」


二人は電話番号を教えてもらうと礼を言って港北堂を出た。慎司は梨華の携帯を借りて、はやる気持ちを抑えながら教えられた番号にかけた。電話はすぐにつながった。

「もしもし」

「あのー、失礼ですが……えいちゃんですか？」

「どなたかな？」

明らかに警戒している声だった。慎司は次に何と言うか考えていなかった。

「あのー、私は以前港北堂でお会いした者で……それでお聞きしたいことがあって……」

「本のことでしたら店で伺いますよ。こっちは古傷の足が痛んでね、外に出られないんだ」

危うく電話を切られそうになったのを見かねてか、梨華が携帯を引ったくった。

「今でも知床で受けた傷が痛むんですか？　脇田栄二さん！」

「……」

電話の向こうでえいちゃんは言葉を失っていた。

慎司と梨華が通された部屋は、質素な木造アパートの一室だった。幸三の部屋と感じは似ているのだが、長年ここに暮らしている住人のおかげか、はるかに生活感がある。本棚には古本屋勤めらしく雑多な本が整然と並べられ、部屋の隅には無線に使う各種の道具が置かれていた。

「ここにもう二十年近く住んでいるんだ。足が昔のようには動かないんで、そんなものが趣味になってね」

えいちゃんこと脇田栄二は、お茶を出しながら言った。

「それにしてもよく俺のことがわかったな」

「妹の優子さんが心配していましたよ」

慎司は言った。

「ああ。あいつには苦労かけて悪いと思ってる。だが、いい男と結婚して子供たちも成人したし、今は幸せそうじゃないか」

「そこまで知ってるんですか？」

「ああ、あいつの結婚式や息子の成人式にはいつも陰から見守ってたもんさ。匿名で祝儀を贈ったこともあったぐらいだ」

「そこまでして、なぜ名乗り出ようとしなかったんですか？」

「一カ月以上経って知床から戻ってみるとな、後任の職員は、もう決まりかけているし、結局自分は組織の一員だったと思い知らされてな。もうこのまま姿を消しちまえという気になったんだ。そのあとはいろんな仕事を転々として……」

「ずいぶん無茶したもんですね。脇田さんは元々大学に残って研究職を希望していたとか？」

「ああ、妹に聞いたんだな。確かに親父の死がきっかけで就職することになったんだが当時の担当教授が何年かしたら大学に戻ってこいと送り出してくれた。ただ、その先生は間もなく亡くなって講座も改編になったんだ。俺は何か他にない業績を挙げて大学に売り込みをしたかった……」

「その気持ち、僕にも少しわかりますよ」

「獣医学部の同級生で大学に残った連中は、少しずつ研究の成果を挙げていた。俺はほとんど事務職みたいな公務員になって、はじめは取り残されたような気持ちになったもんさ。しかし、あれはあれでやりがいのある仕事だった。出張でいろんな所に行けたしな。それに地方公務員ていうのは、案外暇な時間があるもので、そういう時は最新の文献にも目を通して科学者の感覚をなくさないようにしていたんだ」

「ちょうど、棲み分け理論の出始めの頃ですね」

「そこまで調べてるのかい？　もっとも、棲み分け理論が騒がれるのに、最初はぴんとこなかったね。それに、今西理論の持ち上げられ方が、西洋から見た東洋思想への回帰みたいなところがあってあれがどうもな。山に入って周りをよく観察した者には、弱肉強食や自然淘汰だけで自然界が成り立ってはいないのに、自然に気付くもんさ」

「ということは、当時、あまり関心がなかったのですか？」

「ああ、俺は獣医出身だったし、はじめは棲み分けも専門外の昆虫の話だったんでな。あまり興味が湧かなかった」

「別海のパイロットファームで、空飛ぶ妖怪の話を聞くまでは、でしょう？」

「ちょっといい？」

梨華が話に割って入った。

「棲み分けとか、空飛ぶ妖怪って何の話なのか、わかんないんだけど」

「すまん、君にはまだ話してなかったな」

慎司は今西錦司の「棲み分け理論」を手っ取り早く説明した。「空飛ぶ妖怪」については、早川ファームの主人の手紙を梨華に渡した。

「それを読んでいてもらえるか」

「こういうものはもっと早く見せてよね」

梨華はふくれっ面をして手紙を受け取った。脇田栄二はおもしろそうに二人のやりとりを聞いていた。ひょっとしたら妹のことを思い出しているのかも知れなかった。

「話を元に戻しましょうか」

梨華が手紙を読んでいる間に、慎司が向き直ると脇田栄二は再び語り出した。

「空飛ぶ妖怪にされたシマフクロウのことだが、はじめはエサとして獲りやすいイヌやネコを狙ったんだという話だった。しかし、俺にはシマフクロウが自然界のシステムの一端としての役割を果たしたのではないかという考えが浮かんだ」

「システムの一端、ですか?」

「ああ、わかっていると思うが、北海道の原生林で生態系の頂点に立つのは、陸上ではヒグマ、空ではワシやシマフクロウなどの猛禽類だ。ところが、原生林に人が開拓地と称して入り込んで来ると、一緒に家畜を持ち込んできた」

「確かに、村ではイヌやネコを相当数、放し飼いにしていたそうです」

「しかも、当時の貧しい開拓村では、家畜にエサをあまりやらなかったからな。イヌたちは村の周りをほっつき歩いてネズミなんかを獲って飢えをしのいでいたもんさ。シマフクロウの主食の一つであるネズミをね。こうなると、イヌたちはもう野生動物とあまり変わらない。しかもやつらはネズミを食べても、生態系でその下の階層に位置する昆虫は食べないだろう。そうなるとネズミがエサとしてきた昆虫だけが、その地域で増殖する。結果として開拓村周辺の原生林の生態系が狂うことになる」

「シマフクロウが襲ったのは、そういう元凶になった家畜なんですね」

「そういうことだ。あとから入ってきて生態系を狂わせたものを駆除して元にもどすのが、その生態系システムの頂点に立つものの務めってわけだ」

「なるほどね」

慎司はここで一息ついた。

「しかし、シマフクロウの話から知床でピラミッドを探すまでの間には大分飛躍があるようですが」

「俺はシマフクロウの話を聞いて、自然界では生態系が部分的に乱されては修正されるということを繰り返していると確信した。これを、棲み分け理論、特に当時行われ始めていたシカのような哺乳動物の理論に拡張して考えてみた」

「僕もそれは『生物社会の論理』で読みました」

「そうか。では、原始林の植物、それらの根元で繁殖する微生物やミミズ、それを食べるモグラやネズミ、さらにそれを獲って喰うクマやシマフクロウという生態系全体を棲み分けで説明すると、どうなるだろう?」

「それが生態系のピラミッドというわけか……」

「ああ、当時の俺は、異なる複数の生態系全体の棲み分けとはどういうことかを統一的に説明する方法を考えてみた。例えばその地域で生態系の頂点に立つクマの捕食対象が複数存在する状態を考える。それらの餌を、２Ａ、２Ｂ、そして２Ｃと名付けよう。２Ｂはその地域全体に分布するが、２Ａと２Ｃは局在している」

脇田栄二は手近な紙に鉛筆で図を描き出した。

「そうすると、第一階層のクマは２Ａと２Ｂを食べるグループ１Ａ、および２Ｂと２Ｃを食べるグループ１Ｂに分けられる。さらに、第二階層以下にはそれぞれの食物連鎖が存在するが、例えば２Ａと２Ｂの食べる餌、３Ａが双方共通の場合もあるから、生態系全体が下に行くに従って無秩序に拡散するということはないだろう。そして、その結果として……」

「双頭のピラミッド、ですね」

「ああ、ただこんなことが自然界で起こるには、少なくとも二つ、条件が必要だ」

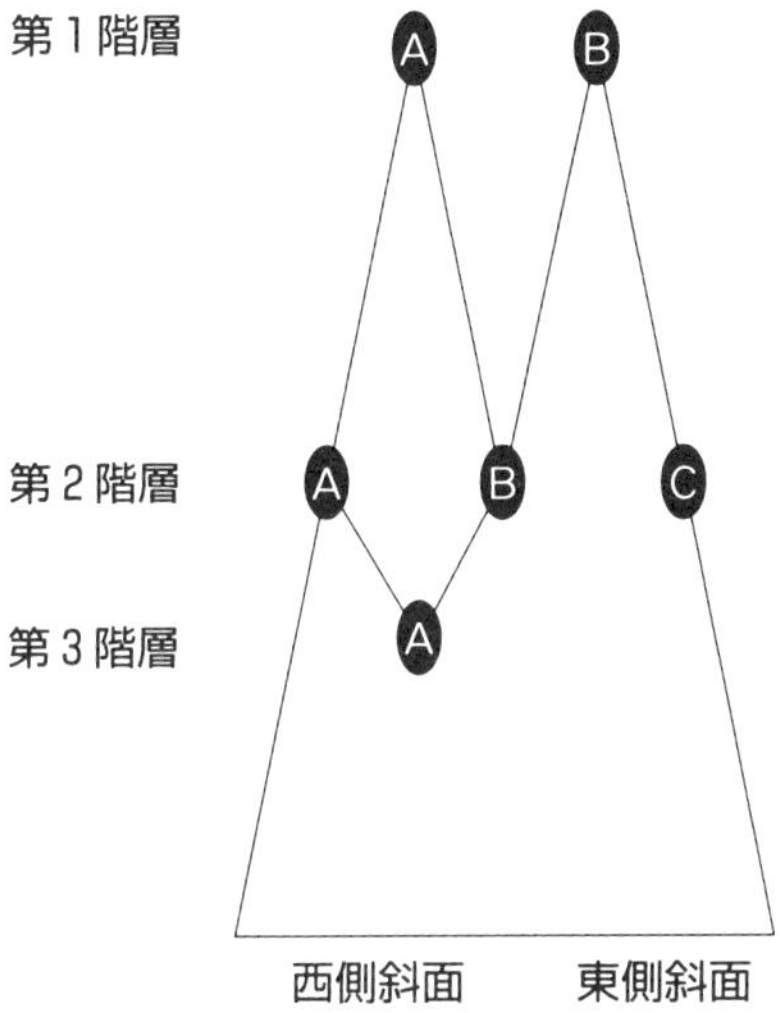

食性の異なる２種類のクマを頂点とする生態系の模式図

脇田栄二は続けた。

「第一に、隣接した地域それぞれに展開する異なる個性を持つ森林が必要だ。第二に、それぞれの森林が食性の異なる上位階層の動物を養うに足るだけ豊かであるということだ」

「自然界でこの条件を満たすのは困難でしょうか?」

「ああ、考えてもみろよ。気候がほとんど共通するような広からぬ地域に隣接する森林は、長い年月の間に混合していき、局地的な個性などなくなるはずだ。そうなればクマは森全体を縦横に行き来するだろう。また、たとえ森林の個性が保たれていても、片方の森だけで上位階層の動物を養いきれなければ、クマは越境してでも餌を探すだろうから、そもそも棲み分けも生じない。森は過酷な生存競争の場となるだろう」

「だが、知床半島はそれらの条件を見事に満たしていたわけですね?」

「ああ、知床の原生林には、二つの生態系を同時に棲み分けさせる条件が整っていた。これは結局、生態系の根幹を維持しているのは何か?　という問いに行き着くんだが」

「それは、樹木の分布……でしょう?」

「そういうことだ。では、森の生物を維持するほど豊かなままで、知床に樹木分布の境界線を維持しているものは何か考えたことはあるか?」

脇田栄二は慎司の言葉を待っていた。

「地形とそれによって生じる半島の東西での気候の差、特に風でしょう?」

「その通りだ。北海道上空はジェット気流の通り道にあたっているから北半球最大風速とも言われる西風が吹いている。しかも知床は北から南に山脈が走っていて、西側で収束した風が狭い出口を見つけて東側斜面を吹き降ろす。これが『羅臼風』と呼ばれる強風で、特に春先は激しいのが吹くんだ。一種のフェーン現象なんだが寒気の流入があるから風の温度は低い。ヨーロッパで〝ボラ〟と呼ばれる現象だ」

「以前、岬から稜線に沿って南下した時、半島の東西で樹木の分布が違うことに気付きました。西側はミズナラやカエデなどの混合林なのに対し、東側はトドマツやエゾマツから成る針葉樹林でした。その時、おそらく山間部の東側斜面に、より強い風が吹くせいだろうと思ったんです。稜線付近はさらに強風が吹くためか、ハイマツばかりでしたがね」

「そしてあのハイマツ林がヒグマの半島東西の往来を妨げているというわけだ。ところで……」

「何ですか?」

「あのハイマツ林を知ってるってことは……お前さんも夏の知床からの生還者か?」

「たしかに生還《サバイブ》という言葉がふさわしいでしょうね。緑の地獄からのね」

「一人で行ったのか?」

「いいえ、案内人と二人でしたよ。かなり、とんでもない人でしたけどね」

「俺は一人だった。もっとも春先でまだ雪が多かったので上へは行かなかった。俺の目的は稜線の東と西でヒグマの食性の差を調べることだったから、ヒグマの糞が見つかればよかったんだ。それで有意な差が認められれば、改めて夏に装備を整えて長期で滞在するつもりだった」

「目的の試料、つまり糞は見つかったんですか？」

「ああ、分析する前に崖から落ちて荷物ごと全部パーにしてしまったけどな。おまけに、その時折った足の後遺症で、今でもこうして時々苦しんでるわけさ」

「それで帰るはずの漁船に戻れなくなったんですね？」

「なぜ知ってるんだ？」

「あなたを岬まで届けた船長さんに会ったんですよ」

「あの人、まだ生きてるのか？」

「ちゃんとあの時のことを憶えていましたよ。今は隠居して悠々自適です」

「そいつはよかった」

「あのー、ちょっといい？」

早川ファームからの手紙を読み終えた梨華が話に割り込んできた。

「その、とんでもない人のことを聞きに来たんじゃなかったの？」

「どういうことだ？」

いぶかる脇田栄二に慎司は、昔自分と知床縦走をした幸三が一カ月ほど前から行方不明で、黒井幸子と名乗った女に捜索を依頼されていることを話した。幸三の年齢と風体、それに常連である港北堂のブックカバーで双頭のピラミッドを知ったのだろうと説明した。

「その堀川って男を店で見れば思い出すかもしれないが、直接話したって記憶はないな。それに、このカバーは昔のことを懐かしんで最近俺がデザインしたんだが、そいつは古文書かなんかと勘違いしたってことはないだろうな？」

「あの人なら……あるかも知れません」

慎司はついでに、二人の研究者が最近相次いで行方不明になっていることも話してみた。脇田栄二は黙って耳を傾けていた。

「その二人の専門は何だった？」

「一人は海鳥の行動学、もう一人は遺伝子解析を用いた分類学です」

「関連があると思うか？」

「わかりません。何か我々の知らないところで結びついているのかも」

「それより、俺はお前さんに捜索を依頼した黒井幸子、だっけ？　そいつが気になるな」

「堀川さんとの関係も、どこでピラミッドについて知ったのかも全く謎なんです。見た目から察するとまだ五十過ぎだったので、脇田さんが知床に行った頃は、ほんの少女だったでしょうからね」

「まだ少女だった、か」

「どうかしましたか？」

「いや、何でもない」

慎司は話題を元に戻すことにした。

「別海のパイロットファームからは、まっすぐ知床に向かったんですか？」

「知床の双頭のピラミッドの可能性に気付いた俺はじっとしていられなかった。宴会の翌朝、出張組が現地で解散となると同時に、知床に向かったんだ。羅臼の店で最低限の装備を整え、港で岬に行ってくれる船を探した」

「それが海峰丸だったんですね。しかし、いくら急いでいたからって、行方も告げずに姿をくらますことはなかったでしょう？」

「実はそれが不思議なんだ。一カ月ほど経ってからこっそりと釧路に戻ったら、行方不明者として扱われててな、ますます札幌の実家に帰りにくくなった。別海のパイロットファームを出る時にバイトで来ていた学生の一人に見つかっちゃって、伝言を頼んだんだけどなあ。あんまりうまく伝わらなかったようだ」

「念のため聞いておきますが、それはどの学生ですか？」

慎司は脇田優子にもらった別海での集合写真を取り出した。脇田栄二はその中の一人を指さした。大柄で四十年前の学生にしては、長髪が目立った。

「確かこいつだと思う。名前は聞かなかったがね。よく酒を飲む奴だったんで憶えてるよ」

〈この男と自分は初対面だろうか？〉慎司は首を傾げた。四十年前のバイトの記録など、どこにも残っていないだろうから、今となっては名前の知りようはないが。

「当時、学生なら今は六十前後ということになりますね」

梨華もこの言葉にすぐに反応した。

「六十前後って、あの北見の焼き肉屋の男かも」

「誰だい？　焼き肉屋の男って？」

今度は脇田栄二が尋ねる番だった。慎司は幸三と一緒に目撃された、よく飲んで大声でしゃべっていたという男について話した。

「そいつが怪しいな」

脇田栄二はつぶやいた。

「堀川って男と一緒だとしたら危ないかもしれん」

「危ない？　堀川さんが？」

「ああ、実は俺が試料を採っている時も、あとをつけられているという感触があった」

「つけられた？　誰にですか？」

「全くわからん。しかし、その六十男があとの二人の失踪と関係あるとしたら……」

「堀川さんも狙われるかも」

「もし、そうだとしたら……行くのか、知床へ？」

「こうなったら、そうするしかありません。脇田さん、あなたも一緒に来てくれますか？」

「この足では、もうお前さんにはついていけん」

脇田栄二は肩をすくめて笑った。

「その代わり……」

急に立ち上がると小さな袋を持ってきた。

「これを持って行け」

「何ですか、これは？」

「見ればわかるだろ。お守りだよ」

「お守りですか？」

「あの時、俺もこんなものを持ってたら、もっと早く救出されたんじゃないかと思うことがある。もっとも、その後、幸福な人生を歩んだか疑問だがね」

「はあ……あの、最後にお聞きしていいですか？」

「何だ？」

「足を折ったのに、よく知床で一カ月も暮らせましたね。何か生還《サバイブ》の秘訣でもあったんですか？」

脇田栄二は初めて少し夢見るような表情を浮かべた。

「あの時は天使が助けてくれた。そいつといれば怖いものはなかったんだ」

慎司は脇田栄二の部屋を出てからしばらく黙っていた。梨華も同じことを思っていたようだった。

「最近は神がかりに走ってるのかなあ、あの人」

「確かに最後のアドバイスがお守りじゃあな」

「しかも知床で天使を見たとか言ってたわよ」

二人は車の中でもまた黙った。

「やっぱり行くの？　知床に」

「これが最後だろうけどな」

「私はもう行けないわ」

「わかってるさ。あそこは普通の人間が行けるところじゃないからな」

「生きて帰ってきて」

「ああ、約束する」

梨華の手が急に慎司の胸に触れた。

「私のこと触りたかったんでしょう？　こうして」

「……いつのことだい？」

慎司は急に脈拍が上がったのを自覚した。

「初めてお店に来た時よ。あなたは随分遠慮してたわ」

「ああ、あの時は堀川さんを捜すために行ったんだよ」

「じゃあ、知床から帰ってきたら……今度は本当の私を探して。ゆっくり時間をかけてね」

梨華は慎司の耳元でささやくと、車をスタートさせた。


翌日、慎司が久しぶりに訪れた夕張荘は少なくとも外観は昔のままだった。

登山の道具というものは少しずつ進化しているものだと思うが、特に調理器具はカラフルなものが増えたようだ。女性の登山者が増えたこともあるが、ファミリーキャンプやアウトドアクッキングがブームなせいもあるだろう。そんな中にあって、無骨な鋳鉄製のダッチオーブンが相変わらず売れ筋商品の一つなのは、心強い。何よりも慎司が目を見張ったのはフリーズドライ食品の充実ぶりだった。自分の学生時代もカレーやスープの種類には事欠かなかったが、あさりのトマトリゾットやハンガリー風ビーフシチューなどは絶対なかったはずだ。メニューが女性向けになったというより、山でもなるべく旨いものを食べたいという欲求が満たせる時代になったということか。

とはいえ、今の慎司にはグルメな登山を探求している余裕などはない。最低限の食料と用具を買い込むと店を出た。幸三直伝の粉末プロテインとビタミン剤も忘れなかった。午後には短時間で荷作りを済ませた。食料と調理器具に服装はイージーパンツとウィンドブレーカー、それに厚手の手袋と虫除けスプレー、そして別海での集合写真と脇田栄一がなぜかくれたお守り。最後に双眼鏡とウォークマン……。

〈これはあの人は嫌いだったな〉

慎司は独り言を言いながらリュックサックを閉じた。

夕方、特急「スーパーおおぞら」に飛び乗ると、慎司は札幌をあとにした。釧路に向かう列車の中はこの季節にしては人影がまばらだった。そして窓の外を流れていく札幌の街は珍しく小雨の中に霞んでいた。

〈生きて帰ってこれるかな〉慎司はカーテンを閉じると目をつぶった。


カチッカチッという金属的な音、後ろから時々自分を監視しているような視線を感じる。それに周りを飛び廻っている白っぽいものは何だろう。

「霧野さん、正面だけでなく全体を見てください」

誰かの声が聞こえた。振り返ると声の主がわかった。

「ごめん、吉岡。まだ慣れなくてな」

「目を離さないでくださいよ。ただでさえこの島のセグロカモメは、動きが早いんですから」

「ああ、気をつける」

慎司は姿勢を戻すとカウンタ操作を再開した。

「吉岡よ。君は野鳥の観察とかはするの？」

「研究以外ではしません」

「そうか、普段もバードウオッチャーかと思ったよ」

「今やってることをバードウオッチングと一緒にしないで欲しいんですけど」

「すまん」

「霧野さんも同じプロジェクトに関わってるんですから、おわかりでしょうけど、これはただ鳥を数えるだけの研究ではないんですよ。鳥の生態におよぼす餌の種類や、さらにそれにおよぼす島の植生や土壌環境、微生物の遺伝子変異、これらを生態系の中で総合的にとらえないと……」

「とらえないと?」

答えはなかった。

「吉岡?」

慎司が振り返るとそこには誰もいなかった。急に生暖かい上昇気流が頬をかすめた。周りからはいつの間にかカモメの姿も消えている。慎司は自分が狭い山頂に立ちつくしているような感覚に襲われた。

〈いやこれは山なんかじゃなくて……〉慎司はおそるおそる下を見た。

〈ピラミッド……か〉

「お客様、切符を拝見します」

車掌の声に慎司は飛び起きた。それにしても妙な夢だった。吉岡は、自分の研究が遺伝子レベルの変異と生態系のバランスを結ぶ総合的な研究の一環だということがわかっていた。同じく行方不明の高木教授の専門も遺伝子レベルでの分類学だ。二人を結びつけたのは何だったのだろう?

その答えが今、自分が向かっている知床にあるのは間違いない。慎司はもう一度、別海のパイロットファームで撮られた写真を取り出して、大柄な長髪の男を見つめた。

〈お前がすべてを知っているのか?〉

慎司は釧路で一泊し、翌朝早くレンタカーを借りて、国道二七二号線を羅臼に向けて走らせた。この道を羅臼に向かうのは三回目だが、自分で運転するのは今回が初めてだ。慎司は前の二回に比べて異様な孤独感をかみしめて走った。羅臼の漁港に着くと岬に連れて行ってくれる漁船を探した。偶然、船長さんの甥の、例の民宿の主人が引き受けてくれた。宿は暇な時期だし、何より親の代から岬に船を着けるのはお手のもののようだった。岬突端の風船岩が見える場所で慎司は上陸した。

「船長さんによろしく」

慎司が言うと主人は手を振って答えた。時計を見ると昼過ぎだった。

慎司は昔、幸三と来た時の記憶を辿りながら前進した。クマザサの群落や竪穴式住居は確かに記憶通りだったような気がするが、今の慎司にはゆっくり検討している余裕はなかった。

そして、ヒースの群落を前にすると、昔の教訓から体中にスプレーしてから分け入った。慎司はかき分けて進むうちに、昔ほど辛くはないのに気付いた。季節が幸三と来た時よりかなり早いので、植物はまだ成長過程にあるようだ。蚊の数もあの時より圧倒的に少ない。この雑草のトンネルをしばらく進むと、慎司はやや時間のたったヒグマの糞を一つ見つけた。辺りに動物の気配はなかった。

慎司の記憶がはっきりしてきたのは、標高が上がるにつれてさらに植生が変化し、針葉樹林と広葉樹の混合林が目立つようになってきてからだった。少し開けた場所を見つけると、慎司は時計を見てつぶやいた。

〈今日はここでビバークだ〉

そして昔のようにツェルトを立てて風を防ぎ横になった。

〈一人で来るのは羊蹄山以来か……〉

あの時は一人旅だったとはいえ、他の登山者も数多く目にした。それに生きて帰れないなどとは露ほども思わなかった。しかし、今は同じ森に、三人の命を奪った可能性のある相手が潜んでいるかも知れないのだ。慎司は目をつぶってもなかなか眠れなかった。

翌朝は快晴だった。慎司は再び稜線に沿ってゆっくりと進むことにした。稜線の西側の混合林と東側の針葉樹林が特に顕著な所では、特に周りに注意しながら進んだ。半日歩いても人の通った痕跡は認められなかった。

しかし、昼食後にしばらく進んだ時、原生林を左右に踏み入った跡に気付いた。それらはけものみちではなく、明らかに人が歩いた跡だった。慎司は用心しながら西側の混合樹林に足を踏み入れた。五分ほど下るとやはりヒグマの糞があり、一部に採取された痕跡があった。糞の周りの草は靴で荒らされていたが、ぬかるみではないので、何人いるのかは不明だった。この場所に立ち寄ってからしばらく時間が経っているようにも見えるが、相手は採取活動を行いながらだから、かなりペースはゆっくりのはずである。もうかなり近くに来ているのかも知れない。

慎司は稜線に戻り双眼鏡を取り出し、前方を注意深く観察した。しばらく眺めていた慎司は、黒い影が水平方向に動いたのに気付いた。急いでピントを合わせてみる。四〇〇メートルほど先の針葉樹林から、一人の男が出てきたところだった。ほとんど上半身しか見えないが、黒ずくめの男は大きなリュックサックを背負っている。慎司のいる位置からは男の顔までは見分けがつかなかった。慎司がしばらく双眼鏡で観察していると男は稜線に沿って再び歩き始めた。

相変わらず同行者はいないようだ。

〈もしかして幸三はもう……〉慎司はそれ以上考えないようにした。

慎司は男に気付かれないように距離を詰めることにした。相手の移動速度が遅いので、この作戦は容易なように思えた。しかし、男は用心深い性質のようだった。東西の植生が異なる地点に来ると、辺りを警戒してから原生林に踏み入った。慎司はその度に距離を少し縮めたが、詰めすぎて稜線に戻ってきた男と出会い頭にぶつかってはかなわない。慎司はここが我慢のしどころだと自分に言い聞かせ少しずつ近づいていった。こんな状態が数時間も続いたが、慎司はふと妙な考えにとらわれた。

〈この男は本当に自分が捜している人間なのか？　ただの登山愛好家だということはないだろうか？〉

しかし、慎司はすぐにこの考えを打ち消した。単独で知床岬から縦走するなど普通の人間のやることではない。まして、ただの登山家にしては挙動が不審すぎる。

慎司が焦りだしたのにはわけがあった。距離的には双眼鏡で顔がわかりそうなほど近づいていたが、日没が近くなっていたせいで光量が足りなくなっていた。慎司はようやく覚悟を決めた。男が次に試料採取のため稜線から姿を消したら、一気に片を付けることにした。そして、しばらくすると、そのチャンスが訪れた。男は不意に東側斜面の針葉樹林に姿を消した。そのことを確認した慎司は足早に前進した。

〈もう逃すものか。ここ何週間か自分や梨華を悩ませてきたものを見届けてやる〉今の慎司には不思議と恐怖感が湧かなかった。

男が姿を消したと見られる場所に来ると、慎司は慎重に針葉樹林を下りだした。目的の人物はすぐに見つかった。その男は慎司の前方四、五〇メートルほどの位置でこちらに背を向けて屈んでいた。男は足下の何かを探ってリュックサックにしまっているところだった。

〈この男の後ろ姿は……やはりそうだったのか〉今の慎司は武器になるものを持ち合わせてはいなかった。

〈この男に対抗するとすればこれぐらいしかない〉慎司はリュックサックのポケットに手を入れて探った。そして意を決して接近した。その時、男が不意に立ち上がった。そして自分の後ろに何かの気配を感じたのか、動かなくなった。慎司はいつの間にか五メートル近くにまで近づいていた。いくら暗くても、もう間違えようがなかった。慎司はなるべく平静を装い声をかけた。

「どうも、ご無沙汰しています」

男は沈黙のあと、口を開いた。

「その声は……霧野慎司か？」

「ええ、その通りです」

「よくここがわかったな」

「悪いけどあとをつけさせてもらいました」

「それは気付かなかった……いつからだ？」。

しばらく沈黙が続いたが、やがて慎司は口を開いた。

「今日の午後からずっとです、村上真一郎先生」

黒ずくめの大柄な男は振り返った。

「君はどこまで知っている？」

慎司の元上司は、こちらを睨みつけた。

「おそらく全部……」

「では、あいつらがどうなったか知りたくないか？」

「やっぱり、あんたが彼らを？」

「ああ、行きがかり上やむなくな」

「やむなくだって？　研究者同士じゃないか！　それとも高木先生にはプロジェクトを中止された恨みからですか？」

「私がどれだけあの研究プロジェクトにかけていたのか、わかっているのか？」

「人の命を奪っても構わないほど、ですか？」

「ああ、そうとも。あのプロジェクトは私の四十年来の研究成果の集大成なんだ」

「四十年来？　やっぱりあの時、脇田さんを知床でつけてたっていうのは、あんただったんだな？」

「ああ。当時、別海で農場視察の補助をするバイトを引き受けたが、鶏の数を数えたりウシの健康状態をチェックするばかりでおもしろいことなんかなかった。元々俺は体力があり余っているという理由で獣医学部に進学しただけで、やりたい研究なんかなかったからな。あのままいったら普通のサラリーマンになっていただろう。ところが、宴会でシマフクロウの話を聞いた脇田という男の様子が変わったのにはピンときた。この男は何か重大なことに気付いた、と」

「それであとをつけたのか?」

「翌朝、それとなく脇田を見張っていると、奴は私に、これから知床に向かうから、家族と職場に伝言を頼むと言って出ていった。もちろん私はそんなこと誰にも言わなかったがね」

「あんたはすぐに、双頭のピラミッドの正体に気付いたのか?」

「いや、その時はさっぱり見当がつかなかった。とにかく羅臼の漁港から漁船で岬に向かった脇田を追った。そして今日のお前のように私もあとをつけた」

「脇田さんを襲うつもりだったのか?」

「いや、そんなことしなくてもチャンスは転がり込んできた。脇道に入り込んだ奴は、足を取られてちょっとした崖から落ちた。私は崖を降りると気絶したあいつに近づいた」

「助ける気はなかったのか?」

「はじめはそのつもりだった。ところが荷物を調べながらあいつの知床での行動を思い返すと、少しずつやりたかったことが見えてきた」

「あんたは脇田さんのリュックサックを盗っていったんだな?」

「その通りだ。放っていくのは少し酷だったがね」

辺りを沈黙が支配した。やがて、慎司は口を開いた。

「で、その後どうしたんです?」

「棲み分け理論のような生態学や分類学の仮説を科学的に検証するのには、テクノロジーの進歩を待つ必要があった。これには随分時間がかかったが、私は辛抱強くその時を待ち力を蓄えた。幸い、脇田という男はその後、行方不明者として処理され自宅にも戻っていない。おそらく、あのままくたばったんだろうが、お陰で双頭のピラミッドがここ知床に存在することを知るのは、私だけになった」

慎司はそれを聞いて少し頬が緩んだ。

「そして、ついに訪れたチャンスが、例のプロジェクトリーダーだったというわけか?」

「まさにその通り。日本列島における生態系進化の再構築。いいネーミングじゃないか! 生態系の時間的変遷を遺伝子レベルでとらえようとするんだ。例えば、クマの糞から採取された植物を単に分類していたのが昔の生物分類学なら、今はその植物の遺伝子を調べてクマの消化器官中での耐性、つまり消化され易さがわかるかも知れない。その結果、クマの棲み分けが森林の植物の遺伝情報に支配されていることが解明される可能性もある。この総合科学とも言える分野に動物行動学や遺伝子工学にタンパク質の構造解析、様々なバックグラウンドを持つ研究者が一斉に取り組むんだ。どうだい？　いい時代になったもんじゃないか！」

村上教授の饒舌は止まることがなかった。

「なぜ二人を狙った？」

「公聴会でそんな私のプロジェクトを高木の奴は発展性に乏しいとぬかしやがった。生態系で下位生物が持つ小数の遺伝子の機能を詳細に調べても、上位動物の行動までは説明しきれないだろうと言ったんだ。やっかいなことに奴はゲノムプロジェクトのメンバーを兼ねていたので、そっち方面の研究者を動員して、高等生物の遺伝子解読に一気に片を付けることが可能だった。めぼしいタンパクの合成と機能解析に我々が四苦八苦しているうちに奴らに抜かされる怖れが生じてきた。まして、あと一年を残して打ち切りとなれば……」

「しかし、プロジェクトが中止になったのは高木先生のせいだけではないでしょう？」

「あいつの影響が大きかったのも事実だ」

「吉岡はどうして？」

「プロジェクトが一年短縮されることが決まると、吉岡は私のところに来て自分のデータとともに高木の研究室に移りたいと言った。あいつに言わせれば、海鳥の行動を観察しながら大黒島の微生物の遺伝子を調べるより、海鳥自身の遺伝情報を解析する方が手っ取り早いだろうと言ったんだ。全く高木なんかに感化されおって」

「二人はどうなったんだ？」

「あいつらは切り刻まれ土に還った。地球を構成する生態系の一環としてな」

慎司は吐き気がしてきた。

「堀川さんはどうしたんだ？」

「堀川？　ああ、あのガイドのことか？　あいつを知ってるのか？」

「俺の登山の先輩だ」

「あいつに偶然会ったのは吉岡の身体を北見富士にばらまいて帰る途中だった。はじめは驚いたね。一介の地方の獣医が知床の双頭のピラミッドについて語るんだからな。しかし、少し話してみてわかった。あいつにはピラミッドの正体が何なのか、よくわかってはいなかった」

「それで、どうしたんだ？　あの人も殺したのか？」

「そこまですることもないと思った。しかし、念のため北見の飲み屋でガイドを頼んで山に誘った」

「ガイドをさせたのか？　どこへだ？」

「北見山地のウエンシリ岳で、食料と地図やコンパスを含む装備全部を奪って放り出した。どうせ、もう生きてないだろう。あの山から手ぶらで帰ってこられる者などいない」

慎司もアイヌ語で「悪い山」を意味する、その陰鬱な山の噂を聞いたことがあった。

「それで、これからどうするつもりだ？」

「また、試料を集めてやり直しだ。危なくてほかの奴には任せられないからな。そして……」

「そして?」

「君に生きていてもらうわけにはいかない」

「何だと?」

「悪いがここで死んでもらう」

「村上真一郎教授、三人を殺したうえ、さらに俺を始末しようと言うんだな」

「その通りよ」

「それにしても相変わらずでかい声だな、村上さん」

「なに?」

「全部録音させてもらったよ」

慎司は、リュックサックのポケットからウォークマンを取り出した。

「こいつを警察に持っていけばあんたは終わりだ」

「この野郎!」

慎司が話し終わるより先に、村上教授は飛びかかってきた。慎司はウォークマンを上着のポケットに放り込むと、リュックサックを放り出して走り出した。

その年齢と大柄な身体に似合わず、村上教授の動きは速かった。

〈どうせ、あの年だ。すぐ息が切れるだろう〉そう思っていた慎司は、思惑がはずれて焦った。自分のすぐ後ろからその必死な息遣いが聞こえてくるので、生きた心地がしなかった。

どれほど時間が経っただろうか？　いや、ものの一分ほどの間だったろう。慎司の耳に突然引きずるような甲高い音が飛び込んできた。

〈これは……この音は？　クマ除けの笛だ〉慎司の足が鈍った瞬間に、後ろから村上教授のタックルを受けて倒れた。そして、相手は無言で首を締め付けてきた。わずかな月明かりに浮かび上がったその姿は、人間とは思えない形相をしていた。

〈さっき聞いたクマ除けの笛は幻聴だったのだろうか？〉慎司は必死に抵抗しながら思った。その時、慎司は前よりもはっきりと笛の音を聞いた。

〈今度は間違いない、ほかの登山者が近くにいるのだ〉慎司は最後の力を振り絞って叫んだ。

「おーい、こっちだ！」

その間にも村上教授は、首を両側から締め上げてとどめを刺そうとしてきた。ついに慎司が意識を失いかけたその時だった。突然、村上教授の動きが止まった。すぐに意識を取り戻した慎司のすぐ耳元で、最後に笛が鳴ると止まった。しばらくは沈黙が支配した。

「誰だ？」

村上教授が絞り出すような声で尋ねた。月明かりの中に浮かんだ笛の主は、しばらくもつれ合った二人を見ていたが、口を開いた。

「サッカーで言えば、レッドカードだよ、村上さん。それにまだガイド料をもらってないよ。あと払いは高くつくけどな」

「お前はまさか……」

慎司はようやく誰なのか悟った。

「ひょっとして……堀川さん？」

「どうして……帰ってこれたんだ？」

村上教授は呆然としていた。

「ふん、思い出したくもないわ。まあ、そのうち話してやるぞ。あんたがブタ箱に行ってからゆっくりとな」

「こうなったら、お前たちまとめて……」

「ここで死んでもらう、か？　全部聞かせてもらったぞ」

「何だと？」

「紹介しよう。この人に見覚えはないか？　あんたが四十年前に知床で置き去りにした人だ」

幸三の後ろから現れたのは脇田栄二だった。村上教授は唖然とするばかりだった。慎司はやっと口を開いた。

「来てくれたんですか、脇田さん」

「はじめは一人で来るつもりだったんだが、この男がな」

と言って、幸三をちらりと見た。

「昨日、店に苦情を言いに来てな。まぎらわしいブックカバーにだまされてひどい目にあった、とか言うんだ。そこであんたの話をしたら一緒に行くと行って聞かんのでな」

「会話は全部テープに録りましたよ」

「ああ、知ってる。こっちは集音マイクで全部聞かせてもらってたからな」

「そうですか……それにしてもよく僕の場所がわかりましたね」

「お前なあ、自分の前方ばっかり気にして、後ろはスキだらけだったじゃないか」

幸三が呆れた声を出した。

「って、ことは……？」

「今日、ずっとつけさせてもらったよ。さっきはいきなり姿を消したんであせったがね」

「姿を消した？」

「お守りを放り出しただろう？」

「お守り？　脇田さんがくれたやつですか？　それはリュックサックを投げ出したので」

「あのお守りには小型のＧＰＳ発信器が組み込まれていてね。ずっとお前さんの動きを追跡させてもらっていたのさ」

そう言って脇田栄二は、村上教授に向き直った。

「どうだい？　いい時代になったもんじゃないか！」

「それで、こいつはどうする？」

幸三が村上教授を顎で指して言った。

「岬に警察が待機している。村上、逃げ場はないぞ」

「お前たちなんかの思うようにはさせん」

村上教授は急に立ち上がると、暗がりに向かって駆け出した。追いかけようとした慎司を幸三が止めた。

「深追いするな。奴が何を持ってるかわからん。それに、山狩りからは逃げ切れないだろう」

慎司たち三人は、村上教授が入っていった針葉樹林の方向を見つめた。


岬に戻る途中、慎司は幸三に黒井幸子のことを聞いてみた。

「そんな女は憶えてないなあ。大体、旅に出る前にいろんな人に話しまくったからな」

「あいかわらず人騒がせな人だ」

「何だと」

その時、二人の後ろを歩いていた脇田栄二が声をあげた。

「ここだ」

そこは岬近くの草原が目の前に迫っている場所だった。脇田栄二が立ち止まっている場所からオホーツク海側に、緩やかに下る傾斜路が見えた。

「どうかしたんですか、脇田さん？」

「あの時もこの径を下ったんだ」

脇田栄二は少しぼんやりした口調になっていた。幸三も、何かただならない雰囲気を感じたようだった。

「もう暗い。何か気になるなら明日また来ようじゃないか」

「少しだけなら……いいだろう？」

そう言うと、脇田栄二はふらふらとその小径に入っていった。

「脇田さん！」

慎司と幸三は慌ててそのあとを追った。二人が小径の入り口に来た時、脇田栄二はすでにその場から姿を消していた。

「いったい、どうしたっていうんだ、あのおっさんは？」

「何かに取り憑かれたような……」

「緊張が解けて、とうとう頭のねじが切れたか」

「ばかなこと言わないでください」

「仕方ない、とにかくあとを追うぞ」

二人はおそるおそる脇田栄二の消えた方向へ進んだ。しばらくすると、前方に人影が見えたような気がした。

「脇田さん、止まってください」

二人が耳を澄まして様子を伺っていると、前方で突然叫び声があがった。そして、わずかに間をおいて、どさりと何かが落下するような音が聞こえた。いや、それは気のせいだったかも知れない。それっきり人の気配がなくなった。慎司は音の聞こえた方向へ走り出そうとしたが、幸三が制した。

「危険だ、ここから先は海に向かって急に傾斜している」

「しかし、脇田さんが……」

「おーい、聞こえるか?」

幸三の呼びかける声にも全く答えはなかった。

「岬に戻って救援を要請するぞ」

二人はかつて縦走を目指して登った路を、岬に向かって猛烈な早足で駆け下りた。

エピローグ

あの日、美和子が放心状態で家に戻ると、母が待ち構えていた。

「美和子、お母さんは東京に戻ることにしたの。あちらで一人で仕事を見つけて、生きていこうと思ってるの。それで、あなたのことだけど……」

「私も一緒に行く」

美和子は反射的に答えた。そして、もう一言つぶやくように付け加えた。

「こんなとこ大嫌い」

東京に戻ってからは母子二人の慌ただしい生活が始まった。美和子は間もなく都立高校に進学し、保険会社の営業職員として働く母を助けて時々アルバイトをしながら卒業した。

当時の日本は高度経済成長時代の真っ只中で、美和子のような者の労働力も必要とされていた。学園紛争の吹き荒れる大学では英文学を専攻し、大手銀行に入社した。まだ雇用の男女機会均等などという概念がなかった時代のことだ。美和子たち女性社員は大卒とはいえ、あまり重要な仕事を任せてもらえず、いつの間にか今で言う寿退社を目指すようになっていった。美和子もやがて銀行の中で知り合った男と結婚し、ほどなく退職した。

美和子と人のいい夫の間には二人の娘が生まれた。同期の中でも幹部候補の夫は転勤族でもあった。名古屋、京都、仙台、金沢と全国を回り、数年前に釧路の支店長として赴任した。ちょうどバブルが弾けて金融業界全体が不良債権の処理に苦しんでいる頃だった。ある日、夫は勤務中に倒れ、一度も意識を取り戻すことなく、そのまま帰らぬ人となった。過労によるクモ膜下出血だった。

幸い、二人の娘はもう親の手を離れていた。美和子はこれを機に北海道への永住を決意した。娘たちはそれを聞いて驚いたが、お母さんの好きにすればいいと言ってくれた。美和子は夫の保険金と銀行からの見舞金、それに家を処分した財産で道東に土地を買い、少数のウシとともに暮らすつもりだった。夫が勤めていた銀行に相談すると、以前から取引がある早川農場の主人を紹介してくれた。何より心強かったのは、農学部を卒業したばかりの下の娘の美砂が、手伝ってくれると言ったことだった。

娘たちは美和子がかつて短期間とはいえ、北海道に住んでいたことを知らない。いや、美和子自身でさえも、時々、あの一カ月間の出来事は夢だったのではないかと思うことがあった。

しかし、その度にあの男とつついた鍋や妙なラテン語名を持つ植物のことを思い出した。

〈でも、最後までピラミッドのことはわからなかったな〉あの言葉は永い間、美和子の頭に引っかかっていた。

ある日、美和子が乳牛の登録のことで保健所に行った時、近くで職員と立ち話をしていた男の口から思いがけない言葉を聞いた。

「これから、ピラミッドを探しに行くところさ……」

そんなことを言うと、男は慌ただしく出て行った。美和子が職員に今のは誰かと聞いてみると、あれは堀川幸三といって、腕はまあまあだが変わり者の獣医だということだった。職員はウシを診てもらいたいならと、獣医堀川の札幌の連絡先を教えてくれた。改めて、「ピラミッド」の正体に興味を抱いた美和子は、幸三のアパートを訪ねたが留守だったので、老管理人をまるめ込んで部屋に入れてもらった。そして、大学の事務室で堀川と親しくしていたという後輩を紹介してもらったのだ。

――あの人、何っていったかしら……失業中だっていう、ちょっとぼんやりした感じの元研究員の人――。

美和子が慎司と会った時、叔母の黒井幸子と名乗ったのは、ほんの遊び心のつもりだった。

〈でも、あんな頼りなさそうな人には、きっとピラミッドのことは見抜けないでしょうね。よっぽどしっかりしたサポートでもない限り〉

美和子は会ったあともそう思った。

美砂と二人の生活もどうにか落ち着いてきた頃、美和子は娘を思い出の場所に連れ出すことにした。二人でウトロの港を歩いたが、美砂は驚いていた。

「お母さんがこの辺りに住んでたなんて初耳よ」

美和子もまるでこの土地に初めて来たような気がした。知床を横断する道路ができて車が多く行き交い、大きなホテルも建ち並ぶ今の姿は、明らかに昔の漁業の町から変貌をとげていた。

美和子は港に行って半島の西岸に着けてくれる漁船を捜したが、昔と違い、そんな船はなかなか見つからなかった。そして、夕方になってようやく引き受けてくれるという船を一艘見つけた。

「あんたのお母さんにはみえないな。まるで姉妹のようだ」

そんな愛想を言う髭面の船長を見て、

「あの人、お母さんに気があるんじゃないの？ 気をつけてよ」

美砂はそう言って甲板で船長を睨みながら腕組みをしていた。船が岸壁に着く頃にはもう辺りは薄暗くなっていた。

美和子は船長に、一時間以内に戻ってくると言い残し、美砂を連れて登りだした。

美和子は自分の前を飛び跳ねるように歩いて行く娘の姿を眺めながらつぶやいた。

「年を取るってこういうものなのね」

やがて娘の足が止まると、前方を慎重に窺っているのが見えた。

「お母さん、誰か倒れてるよ」

「変なこと言わないで、美砂」

美和子は娘の名を呼びたしなめた。

「そんなことあるわけないでしょう。それじゃあ、まるで……」

〈あの時と同じじゃないの〉美和子はその言葉を飲み込んだ。

「この人怪我してるわ」

美砂は叫んだ。倒れていた白髪交じりの老人はぽかんとして美砂を見ていた。

「もしもし、私がわかりますか」

「えっ、ああ……今、そこから落っこちてしまってね、ところで君は?」

「私たちは通りがかりの者ですが……どこか打ちましたか? 歩けますか?」

「私たち?」

「私と、こちらが母です」

美砂が自分の後ろに立ち尽くしている母親を紹介すると、男は地獄で天使に会ったような笑いを浮かべた。そして、手を出して美砂の言葉を遮った。

「わかってるよ。私を連れてってくれるかい? 君たちの……秘密基地に」

美和子と美砂は、肩を貸すと男を船に連れて帰った。船がスタートすると美和子は叫んだ。

「船長さん、この人のことは黙っておいてね、恩に着るわ」

「おう、任せとけ」

美砂にも、この時ばかりは船長が頼もしく見えた。

札幌から函館本線を西に向かうと、列車はちょうど小樽に入る頃から海岸に沿って走ることになる。慎司も今までに小樽運河や水族館の観光で何度か来たことがある。しかし、今日この列車に乗っている目的は全く違う。

やがて列車が小樽を出ると車内は急に静かになった。駅の出口に吸い込まれていく観光客の後ろ姿を見送ると慎司は思い出した。

〈そういえば、いつか美保とも来たな……〉慎司が彼女のことを考えるのは久しぶりだった。

知床から戻ってみると、ポストは新聞と郵便物であふれていた。その中でも慎司の目を引いたのは美保、正確には美保の友人代表と称する人物から来た結婚式への招待状だった。それによると、美保はどこで知り合ったのか、慎司には見当もつかない青年と挙式を控えているようだった。

〈最後に会ったのは……医学部図書館に検索に行った時か〉あれからまだ一カ月も経っていないのだ。


それにしても、ここ一、二週間は慌ただしかった。知床から帰っても警察の取り調べとマスコミの取材の連続で村上教授との関係についてしつこく尋ねられた。幸三も同様の扱いを受けたらしいが、マスコミ受けは慎司よりだいぶよかったらしい。現代が生んだ怪物、村上真一郎が知床で逃亡を謀るに至った過程を滔々と語る幸三は、どう見ても一連の事件の主役に見えた。

事件の主役と言えば、村上教授は度重なる山狩りにもかかわらず発見されなかった。絶対に逃げ場はないはずなのだがと、地元の警察も首をひねっていた。村上教授は断崖から海に飛び込んで自殺を図ったのだろうか？　あるいは飢えて行き倒れとなった末、ヒグマの餌となり大地に還ったのだろうか？　慎司にはどちらもありそうに思えなかった。

同じ晩、西側斜面で行方不明になった脇田栄二もあれっきり見つからなかった。知床の原生林には火山岩が露出した崖がいくつかあり、脇田栄二もそのうちの一つに落ちたのだろうと想像された。

〈それにしても、姿を消す前のあの人の様子はおかしかったな〉以前、知床で天使を見たと言っていたのと、何か関係あるのだろうか？

この事件のとばっちりを受けたのは、藤川五郎だった。論文を投稿する寸前に指導教官が凶悪犯になって姿を消したのだから。それでも、形式上の名前だけはほかの教授に代わってもらい、何とか投稿を果たしたそうだ。

一時的に時の人になった幸三は、また元の生活に戻ったようだった。暇を見つけては山に登り気楽な生活を送っているのだろう。しかし、慎司は最後まで梨華のことは言わなかった。幸三も一回会っただけのキャバクラ嬢のことはとっくに忘れ去っているようだった。

やがて、潮が引くように慎司の周りは静かになっていった。しかし、事件の鍵を握る、あの黒井幸子と名乗った女は、約束の一カ月が経っても慎司の前に現れなかった。

〈あれは誰だったのだろう?〉結局解けないだろうと悟りつつも、いまだに慎司はその問いに答を見つけようとしている。

最近の慎司は、たまにハローワークから紹介してくる仕事も気がのらず、面接を受ける気になれない。そうこうするうちに三十七回目の誕生日が近付いていた。梨華から電話がかかってきたのは、そんな時期だった。

「最近どうしてるの?」

「やっと静かになったところさ」

「私はもう札幌に戻らないかもよ」

「そうなの?」

「今度、荷物を引き払いに一回行くけどね」

「その時は手伝うよ」

「ねえ、こっちに来ない?」

「遊びにかい?」

「どうせ、まだ新しい仕事も見つからないんでしょう?」

〈相変わらず勘のいい女だ〉慎司は電話の前で笑いがこみ上げてきた。

慎司は駅を降りると、駅前の広場を見回した。やがて見覚えのある車が慎司の前に停まった。

慎司を助手席に乗せた梨華は、前よりもゆっくりと田園地帯を走った。

「今から農場に行くわよ」

「ああ、なつかしいね」

「しばらくこっちにいられるんでしょう？」

「うん、そちらでお邪魔でなければね」

「こっちは大歓迎よ。父も期待してるって言ってたわ」

「期待？」

「本州から来ていたバイトが昨日帰っちゃったのよ。私も妹もぶどう畑に駆り出されて大変なんだから」

「……そういうことか」

助手席の窓を開けるとわずかに甘い匂いが鼻を突いた。葡萄が熟した香りだろうか？

「あの山に登ってからもう二十年近くたったのか……」

慎司は地平線の向こうに浮かぶ羊蹄山を見つめながらつぶやいた。

十七歳の自分はあそこで山の魅力と怖さを教えられた。あと一カ月もすれば山の頂きは、また雪に覆われ「エゾ富士」の名にふさわしい姿に変わるのだろう。

〈そうだ、そうなる前にまた登ってみよう。そしてまたあの風に吹かれてみよう〉

慎司は運転席の梨華を見た。

そのときは二人で……。

参考文献

『知床の動物』大泰寺紀之・中川元編著、北海道大学図書刊行会
『知床の動物記』桑原康彰著、丸の内出版
『知床』高橋健著、日本動植物専門学院
『北海道探検記』本田勝一著、すずさわ書店
『利尻・知床を歩く』梅沢俊著、山と渓谷社
『山で着る・使う』今井泰博・西原彰一著、山と渓谷社
『北海道の百名山』北海道新聞社
『アイヌのチャシとその世界』北海道チャシ学会編、北海道出版企画センター
『北海道チャシ学会誌』北海道チャシ学会
『生物社会の論理』今西錦司著、思索社
『今西錦司の世界』平凡社
『図説気象学』根本順吉・他著、朝倉書店

著者プロフィール

坂野上 淳（さかのうえ じゅん）

1964年生まれ。名古屋市出身
東北大学大学院理学研究科修士課程修了（専攻・物理学）
民間会社勤務を経て1997年、北海道大学にて博士号取得（専攻・地球環境学）
1997〜2000年、厚生省高度先端医療研究開発プロジェクト研究員。その後、民間会社研究員を経てフリーに

ピラミッド

2003年6月15日　初版第１刷発行

著　者　坂野上 淳
発行者　瓜谷 綱延
発行所　株式会社文芸社
〒160-0022　東京都新宿区新宿1－10－1
電話　03-5369-3060（編集）
03-5369-2299（販売）
振替　00190-8-728265

印刷所　株式会社平河工業社

ISBN4-8355-5714-X C0093
日本音楽著作権協会（出）許諾第0304463-301号